為美好的世界獻上祝福！

中二病也想當魔女！

2

曉 なつめ

illustration 三嶋くろね

Kadokawa Fantastic Novels

Profile
阿克婭
我是阿克婭，是水之女神喔！帶著來自日本的不起眼繭居尼特，治癒人們的心靈與傷勢，並力圖打倒魔王，是這個故事的治癒系主角……！
……
年齡 年齡不詳
職業 大祭司
惠惠
然後，帶著那個自稱女神的是，小隊中最可靠的最大火力來源，也是擁有華麗必殺技的真正主角！紅魔之里的第一天才，惠惠……！
…………
年齡 13歲
職業 大法師
達克妮絲
再來加入陣容的是，以強韌意志與鐵壁防守為傲，隻身承受和真日夜不斷的性騷擾襲擊，堅強的影子主角，達克妮絲……！
……………
年齡 18歲
職業 十字騎士

Character
維茲
協助這樣的各位的是，
「維茲魔道具店」的老闆，
維茲……
呃——不好意思，
我也是主角。
……………………
年齡 20歲
職業 店老闆
艾莉絲
我是這樣的各位居住的異世界中，
國教艾莉絲教所侍奉的主神，
從這一集開始
取代阿克婭前輩
成為主角的艾莉絲。
……………………
年齡 年齡不詳
職業 女神
佐藤和真
哼～～～～話說回來，艾莉絲。
……妳的胸部還真是
突然變得那麼大啊！
讓我摸一下嘛！
喂！
不要搶走我的
介紹欄啊！
年齡 16歲
職業 冒險者

「佐藤和真先生……歡迎來到死後的世界。我是帶領你走上嶄新道路的女神，艾莉絲。您在這個世界的人生已經結束了。」

我睜開眼睛，發現自己身在看似羅馬神殿的地方。

在我還沒搞清楚自己發生了什麼事情之前，就聽見眼前的少女這麼說著。

身上罩著寬鬆的白色羽衣，有著一頭銀白色的長髮和白皙的肌膚。

美貌之中隱約帶著點虛渺之感的少女臉上，約略帶著陰霾。

實際的年齡我不清楚，但外貌看來是比我小。

自稱叫做艾莉絲的那位女神，一雙藍色的眼睛憂傷地看著呆若木雞的我。

聽聞那個女神所說，我才知道自己已經死了。

我還記得這種感覺。

成為我前往那個世界的契機，也就是在我遇見那個自稱女神（阿克婭）時，現在想想好像也是這樣的感受來著。

現在的我，確實有臨死前的記憶。

——原來如此，我又死了啊。

一冒出這個念頭，我發現有熱物順著自己的臉頰流下。

第一次死掉的時候明明就沒有這種事。

啊，是這樣啊——

我原本以為自己非常討厭那個不怎麼像樣的世界，看來其實還滿喜歡的樣子。

第一章

1

與真正的夥伴進行交換！

「……我想要錢！」

我痛切地如此呻吟，使勁得都快咳出血來了。

我想要錢，而且還要是一大筆錢。

——一個名叫冒險者公會的設施當中，在酒吧裡。

我雙手抱著頭，趴在桌子上。

「錢這種東西任誰都想要吧，當然就連我都想要啊……應該說，你也太沒出息了吧。再怎麼說我也是個女神，你卻讓我每天都住在馬廄裡，自己都不覺得丟臉嗎？聽懂了的話，就該讓我過得更奢侈一點、多寵愛我一點！」

對抱著頭的我說出這種白痴發言的人，是個髮色和眼睛都是水藍色的美少女。

只有外貌能看的這個傢伙，名字叫做阿克婭，原則上好像是女神，但是——

「……妳這傢伙，到底知不知道我為什麼需要錢啊？」

「原本只會蹲在家裡的人的汙穢腦袋裡頭在想些什麼，對於清新、正派，又美麗的我來說，怎麼可能會知道呢？我看八成是需要一筆足夠讓你當家裡蹲就好的本錢而已吧。」

「因為債務。」

聽我這麼說，阿克婭嚇了一跳，視線立刻飄走。

「因為債務！都是因為妳欠下那麼多錢，害我們每次接了任務拿到的報酬當中，都會有一大半被抽去還債！冬天就快到了！像今天早上，我在馬廄的稻草堆裡醒來的時候，連睫毛都結冰了！其他冒險者都已經到旅店租借房間睡在室內了耶！要是正式入冬了我們該怎麼辦，睡在馬廄裡肯定會凍死！講白一點，現在根本不是想什麼打倒魔王回日本的時候！」

阿克婭摀著耳朵閉上眼睛，我則是拍打桌子對她咄咄逼人。

——這個世界，有一群被稱為冒險者的人。

對抗日夜威脅民眾安全的怪物，每天賺了錢就喝酒，過著不知道有沒有明天的生活，就是這樣的一群人。

但即使是如此沒有計畫性的冒險者，在冬天來臨時也會窩在旅店裡悠閒度日。

這也是因為弱小的怪物到了冬天幾乎都會冬眠，還在活動的怪物全都很難對付。

我們當作據點的這個城鎮，是新進冒險者聚集的城鎮，阿克塞爾。

這裡的冒險者比普通人強不了多少，在冬天接下討伐怪物的工作形同自殺行為。

此時，阿克婭用力地拍了一下桌子，挺身過來反駁我說道：

「可是、可是那也是沒有辦法的事情啊！那個時候如果沒有我超級精采的表現，說不定這個城鎮已經毀掉了喔！大家應該感謝我才對，而不是要我背債啊！這是不當請款！我要去找這裡的櫃檯抗議一下！」

「喂，妳別去啦，別再給櫃檯小姐添麻煩了！再說……我們好歹也拿了高額的獎金不是嗎……只是抵掉債款之後，變成負的了而已。為了守護城鎮而破壞了城鎮的一部分，再怎麼說也不可能不追究吧。」

之前，有個名叫貝爾迪亞的魔王軍幹部，前來襲擊這個城鎮。

魔王。

沒錯，就是那個魔王。

在電玩中、漫畫裡頭，到哪裡都會出現的那個有名的魔王的幹部打了過來。

雖然，當時是阿克婭大量喚來了敵人最害怕的水，削弱了魔王軍的那個幹部之後，再由我威猛地奮戰，大家才能夠平安無事——

「什麼嘛！和真只不過是一直逃離敵人，最後才在我削弱了無頭騎士之後，靠『Steal』摸走了他的頭顱而已！你應該多讚頌我！尊敬我！一直誇我一直誇我，多寵愛我一點才對！應該和工會裡的所有人一起供奉我，說我這個女神當之無愧才對啊！」

「妳這個死要人理的臭笨蛋！我乖乖先聽妳說，妳倒是越說越跩啦！沒錯，我承認是因為妳的表現才有辦法解決掉他！那當時的報酬、功勞和債務，也全部都是妳一個人的啦！既然妳那麼跩，就自己一個人還清債務吧！」

「哇啊啊啊慢著！對不起，是我說得太跩了，我道歉就是了，不要丟下我啊！」

我準備丟下這個欠債女神離開座位時，阿克婭哭著扒住了我。

就在這個時候，有人對我們說：

「真是的，一大早就這樣大吵大鬧，大家都……沒在看啊。看來公會的人也都漸漸習慣你們了啊……」

「你們兩位這麼早就來啦。有什麼好工作嗎？」

對我們說話的是我的同伴，超級受虐狂十字騎士達克妮絲，和患有中二病大法師惠惠。

穿著輕便服裝、腰間佩著大劍的達克妮絲，撩起一頭長金髮，在位子上坐下。

戴著眼罩的紅眼魔法師惠惠也一樣，在她身邊坐了下來。

「嘿，妳們也準備好啦。工作我還沒找，應該說，我覺得看這個狀況，也不用急著找工作，等妳們來了再接委託也不遲。」

說著，我環視公會內部。

眼前所見的是，一群明明還是大白天，卻都已經喝醉了的冒險者們。

說起來，這也是無可奈何的事情。

之前擊退魔王軍幹部的時候，參戰的冒險者們也都得到了報酬。

領到那筆錢之後，冒險者們的手頭多少變得寬裕了些，也就沒有理由特地冒著危險跑去獵殺冬天的怪物。

因此，公會的公布欄上呈現了貼滿委託單，任君挑選的狀態，只是——

我走向公布欄，瀏覽了一下，看看有沒有好工作。

「我看看……每個委託的報酬都很不錯，但都只剩內容真的非常不像話的任務了……」

討伐攻擊牧場的白狼群，一百萬艾莉絲。

意外從冬眠中醒來的一擊熊在田地出沒。討伐兩百萬，趕跑則是五十萬。

狼群肯定打不贏。

比大型犬還要大、還要快的動物，一舉大量攻過來的話，我們肯定首先被幹掉。

熊更不用說了。我和惠惠要是遭受攻擊，光是脖子被輕輕摸一下就會當場死亡吧。

而且一擊熊這個名字聽起來也太凶悍了，我一點也不想跟這種怪物扯上關係。

「……機動要塞毀滅者正在接近，為了預測其行進路線，偵查員招募中……這是什麼？毀滅者是什麼東西啊？」

「毀滅者就是毀滅者啊。一種很大，又會高速機動的要塞。」

「會動來動去、蹂躪一切，莫名受到小朋友們喜愛的東西。」

原來如此，我聽不懂。

我隨便聽聽達克妮絲和惠惠的說明，繼續看著工作的招募告示。

再來是──

「吶，這個雪精討伐是怎樣？這個名字聽起來好像不怎麼強耶。」

每討伐一隻雪精可以得到十萬艾莉絲。

這種程度的報酬在目前為止我們打倒的怪物當中，也算是特別高額的了，但從名字看來卻又不像狼或是熊那麼強。

「雪精是很弱的怪物。據說在積雪深厚的原野特別多，拿劍就可以輕易砍散。但……」

聽惠惠這麼說，我撕下了那張告示。

「討伐雪精？雪精這種怪物並不會對人類造成什麼危害，但相傳每打倒一隻雪精，春天就會提早半天來臨。如果要接這個工作的話，我也得準備一下才行。」

見我撕下告示，阿克婭叫我等她一下，就不知道跑到哪裡去了。

惠惠對於接下雪精討伐的任務似乎沒有什麼意見。

這時，達克妮絲喃喃自語道：

「雪精啊……」

這位超級受虐狂的十字騎士，平常總是想著要和強大的怪物戰鬥，我原本還以為她會是最反對的人呢。

而這樣的達克妮絲，不知為何，看起來有點開心。

儘管達克妮絲看起來不太對勁，但我們等到阿克婭回來之後，還是啟程討伐雪精去了。

2

遠離城鎮的平原地帶。

鎮上明明還沒開始下雪，就只有那裡因為積雪而閃著一片潔白。

然後，那一定就是雪精了吧。

雪地上到處飄著顏色雪白、輕飄飄的圓形物體，差不多是手掌大小。

看起來沒有什麼危險性。

然而，為什麼討伐這種看起來不會造成危害的傢伙，能得到高達十萬艾莉絲的獎賞呢？

據說每打倒一隻這種東西，春天就會提早半天來到。既然如此，大概是有些期盼春天早日到來的人，為此付出了高額的報酬吧。

任務這種東西，即使報酬較高，需要對付的怪物也不見得就一定比較強。

強度普通，不會傷害人，卻會在田裡亂吃農作物的怪物。

雖然弱小，卻會積極攻擊人的好戰怪物。

如果是這樣的話，對付弱小卻會積極攻擊人的怪物，任務報酬就會比較高。

雪精的報酬之高固然令人好奇，但我更介意另外一件事。

「……妳一定得打扮成這樣嗎？」

阿克婭拿著捕蟲網和幾個小瓶子，看起來就像個想在冬天跑去抓蟬的笨小孩，讓我傻眼地這麼說。

但阿克婭卻反過來以更傻眼的表情看著我，就像是在看個白痴那樣。

這個混帳。

「我要拿這個抓雪精，然後放進這個小瓶子裡面啊！到時候連著瓶子和飲料一起放進箱子裡面，就可以隨時喝到冰冰涼涼的尼祿依德了！也就是說，我想打造一個冰箱！如何？我很聰明吧！」

總覺得我好像猜得到最後的下場會是如何，不過既然她本人想這麼做，就隨她高興吧。

再來…………

「我說，妳的鎧甲呢？」

「送修了。」

除了阿克婭之外，就連我們小隊的主坦達克妮絲身上也沒有鎧甲，只穿著一身便服、帶著一把大劍。

「……之前妳的鎧甲才被魔王軍的幹部砍得千瘡百孔而已嘛……不過，妳穿成這樣沒問題嗎？雖然雪精好像不會攻擊人啦……」

「放心吧，沒問題。雖然有點冷，不過這種像是忍耐大會的感覺也是一種樂趣……」

達克妮絲身上只有黑色窄裙和黑色襯衫，看起來就很冷，卻重重呼著氣。

也許腦袋熱呼呼的變態，身體也會跟著變得熱呼呼的吧。

於是我們轉換了一下心情，就開始討伐雪精了。

「惠惠、達克妮絲！逃過去那邊的交給妳們了！可惡，一直鑽來鑽去！」

只要我們不主動靠近，雪精就只是慢慢地飄來飄去而已，但我們一發動攻擊，就會突然以迅速的動作開始逃竄。

攻擊要命中這些傢伙頗為困難。

不過，既然討伐一隻的報酬高達十萬，這種難度或許也算是正常吧。

我解決了第三隻雪精，喘了一口氣。

「抓到第四隻雪精了——！和真，你看你看！大豐收耶！」

聽見阿克婭興高采烈的聲音，我看了過去，只見她拿著捕蟲網抓到雪精，並正在塞進小瓶子裡。

……比起劍，我是不是也應該拿捕蟲網比較好啊。

如果討伐數目不太理想的話，就把那個傢伙抓到的雪精也解決掉好了。

「和真，即使我和達克妮絲追著雪精跑，那樣敏捷的動作還是快到我們很難打中……我可以用爆裂魔法轟炸這一帶嗎？」

和達克妮絲一起追趕雪精，好不容易才用法杖敲死一隻的惠惠，上氣不接下氣地對我這麼說。

雖然很擔心公布欄上看到的白狼和一擊熊會不會跑過來，但只要我隨時以感應敵人技能注意四周，出現反應便立刻落跑就行了吧。

「好，那就拜託妳了，惠惠。一口氣清光吧。」

聽我這麼說，惠惠喜出望外地詠唱起咒文——！

「『Explosion』——！」

惠惠朝著雪原施展她那招一天只能用一次的必殺魔法。

魔法震盪了寒冷而乾燥的空氣，揚起了巨響，同時在白色的雪原中央炸開了一個大坑洞，露出底下的咖啡色土地。

耗盡魔力的惠惠趴倒在雪地之中，卻還是拿出自己的冒險者卡片向我炫耀。

「八隻！我解決掉八隻了喔，等級還升了一等呢！」

喔喔，真厲害。

如果不是被埋進雪裡面的話，應該會更帥氣一點吧。

如此一來，就是我打倒三隻、惠惠打倒九隻，目前總共討伐了十二隻。

要是把阿克婭抓到的那些也沒收的話，總共就是十六隻，也就是一百六十萬艾莉絲。

四個人分的話，一個人四十萬啊。

還不到一個小時就賺了這麼多錢。

什麼嘛，冬天的討伐任務很好賺嘛。

雪精討伐任務的目標這麼弱，又這麼好賺，為什麼都沒人接啊？

——像是在回答我這個疑問似地，那個東西，突然出現在我們面前。

「……嗯，出現啦！」

達克妮絲看著那個東西，舉起大劍得意地竊笑。

那個東西突然就這麼冒了出來，因為出現得實在過於突然，根本來不及靠感應敵人技能準備逃跑。

「………………」

不久之前還得意洋洋的惠惠，就這樣維持著俯臥的姿勢，默默裝死。

「和真……為什麼到了冬天，冒險者們就不再接任務？這個問題就讓我來回答你吧。」

阿克婭向後退了一步，眼睛還是緊緊盯著那個東西。

——我們所注視的那個東西，跨著沉重的步伐，向前踏了一步。

「你原本也住在日本，從很久以前開始，每到了這個時節，你應該也有從氣象預報和新聞當中，聽過他的名字才對。」

全身穿著雪白色的厚重鎧甲的那個東西，對我們發出了非同小可的殺氣。

身為日本人的我，不用阿克婭說，光是看了那個東西一眼，就猜到是什麼了。

看見那個東西荒唐至極的外觀，其實已經不需要等阿克婭說出口了，但我還是等著她說出答案。

「他就是雪精之主，也是冬季風情的代表……」

厚重的白色日式甲冑，配上同樣雪白、作工細膩的陣羽織。

那個戴了白色的面甲的鎧甲武士，手上握著一把飄散出白色寒氣的日本刀，站在那裡。

——阿克婭一臉認真地說了：

「沒錯，冬將軍來臨了。」

「蠢斃了！這個混帳至極的世界，無論是人還是食物還是怪物，全部都是蠢斃了！」

那把白晃晃、看起來銳利得嚇人的刀子一亮，冬將軍攻了過來！

3

整套白色的甲冑。

儘管是索然無味的顏色，卻絲毫沒有減損戰國鎧甲特有的華麗之感。

作工細膩、匠氣十足的陣羽織。

散發出白色寒氣的日本刀，不需要刻意靠過去看，就能夠一眼看出鋒利到令人害怕。

釋放著強烈的存在感與殺氣，冬將軍雙手持刀舉至胸前，擺出八雙的架勢。

接著，白晃晃的刀子在日光下一閃，砍向離他最近的達克妮絲！

「唔！」

達克妮絲試圖以大劍接下他的攻擊，但是——

隨著一個清亮的「鏘」的聲音，那把承受住貝爾迪亞猛攻的大劍，被攔腰砍成了兩段。

「啊啊！我、我的劍……！」

面對冬將軍以及與之交戰的達克妮絲，阿克婭拉開了距離……

「冬將軍，國家提撥高額獎金的特別指定怪物之一。冬將軍是冬之精靈……所謂的精靈，原本並沒有特定的形體。是在接收了遇見精靈的人們無意識中想像出來的模樣，進而照樣實體化。火之精靈，因為人們對於火焰有著吞噬一切、燃燒殆盡，以及貪得無厭的印象，而成了看起來很兇暴的火蜥蜴。水之精靈則是讓人聯想到清新有型又知性的水之女神，所以成了美麗的少女姿態……不過，冬之精靈就有點特殊了。在危險怪物橫行的冬天，別說是鎮上的人們，就連冒險者也足不出戶，所以遇見冬之精靈這種事情本來就很少發生……沒錯，除了來自日本那些擁有作弊能力的冒險者們以外。」

她抱著裝了雪精的小瓶子，告訴了我關於冬將軍的情報。

眼前的冬將軍像是要發動吐氣攻擊似地，從面甲的嘴部隙縫當中噴出白色的寒氣。

我站到斷了劍的達克妮絲身旁，慎重地舉起劍，對著眼前的冬將軍。

「……也就是說，從日本來到這個世界的某個笨蛋，因為說到冬天就想到冬將軍，才冒出了這個傢伙來嗎？也太給人添麻煩了吧，現在是要怎樣啊，冬之精靈這種東西是該怎麼對付才好啊！」

老實說，我一點都不覺得能打贏眼前的怪物。

乍看之下是人形的鎧甲武士，既然是實體化的精靈，我實在就不覺得拿劍砍過去就可以對付得了他。

就連最可靠的惠惠，今天也已經用不了魔法了。

那個傢伙從剛才開始就一直在裝死，等到戰鬥結束之後再去踩她。

阿克婭打開手上的小瓶子，釋放了她好不容易才抓到的那些雪精。

「和真，聽我說！冬將軍的心胸非常寬大！只要做足禮數誠心道歉，就會放過我們！」

說著，阿克婭直接在積滿白雪的原野上迅速趴倒。

「跪地磕頭啦！快點跪下！趕快，妳們也丟掉武器！快點道歉！和真也是，快道歉！」

把頭緊緊貼在雪地上，不知道把尊嚴丟到哪去的那個前女什麼的，做出了一個標準到不行的跪地磕頭。

面對毫不猶豫地跪倒的阿克婭，和以完美的演技一直裝死的惠惠，甚至讓我有種爽快的感覺。

至於冬將軍，他確實看也不看跪地磕頭的阿克婭一眼。

相對的，他的視線轉向了我和達克妮絲。

被他的視線一掃，我也連忙跪了下去——！

……然而，在我身邊的達克妮絲，卻依然杵在那裡。

「喂，妳在幹嘛，趕快一起磕頭道歉啊！」

達克妮絲丟掉被砍斷的大劍，心有不甘地瞪著冬將軍。

「唔……！我也有身為聖騎士的尊嚴！儘管沒有任何人在看，但身為騎士的我，怎麼可以因為害怕而向怪物磕頭……！」

聽到達克妮絲冒出這種難搞的發言，我以左手抓著達克妮絲的頭，硬是壓了下來。

「妳平常動不動就跟在怪物的屁股後面，為什麼就要在這種時候展現無聊的自尊啊！」

「別、別這樣！唔、明明不想低頭卻硬是被壓了下來，甚至連臉都被壓到地上了，這是何等的獎賞啊！呼……呼……啊啊、雪好冰啊……！」

我壓著這個紅著臉、只是形式上抗拒一下的變態的頭，自己也低下頭來。

維持著這個姿勢，我稍微偷瞄了冬將軍一眼，只見冬將軍已經把刀收起來了。

我鬆了口氣，繼續保持磕頭的姿勢——

這時，阿克婭尖聲對我大叫：

「和真，武器武器！趕快把你手上的劍丟掉！」

把頭貼在冰冷的雪地上的我，這才想起右手還握著劍。

我連忙拋開右手上的劍。

或許是因為太過慌張了吧，頭也就自然離開了雪地——

不小心抬起頭來的我，看見冬將軍的左手，放到了已經入鞘的刀的護手上。

在我的視線前方，冬將軍以左手拇指輕輕在護手上一推，使刀身微微外露。

俗稱拔刀術的架勢。

冬將軍原本空著的右手，看起來瞬間晃動了一下。

然後，我聽見輕輕的「叮」一聲。

那大概是刀子入鞘的聲音吧。

不小心抬起頭的我聽著那個聲音，發現自己的視線不知為何從冬將軍轉向了積雪的地面，並且眼看著雪白的地面越來越近而感到不可思議——

4

——我完全回想起來了。

我被冬將軍殺掉了。

「請問……您的心情平復了嗎？」

「啊……不好意思，我一時亂了方寸，讓妳見笑了。」

在雪白的神殿當中，我因為在女神面前醜態百出地哭泣而感到羞恥，並別開了視線。

但是，自稱艾莉絲的那位女神，只是以略帶憂傷的表情搖了搖頭。

「不需要感到不好意思，您失去的可是寶貴的生命呢……」

說著，她像是在擔心我似地閉上了眼睛。

看著艾莉絲那麼悲傷的表情，我也覺得有點心酸。

「那個，我可以請教妳一件事情嗎？妳知道殺了我的那個怪物，後來怎樣了嗎？」

我很擔心自己被殺掉之後，那幾個傢伙會不會為了幫我報仇去找冬將軍的碴。

「沒事的，冬將軍似乎在砍了您之後就消失了。」

聽她這麼說，我便心無掛念的鬆了口氣。

看著這樣的我，艾莉絲的眼神顯得難過。

「佐藤和真先生，難得您離開和平的日本來到這個世界，卻遭遇到如此不幸……來自異世界的勇敢之人啊，至少讓我以一己之力，讓您下輩子回到日本，出生在富裕的家庭當中，過著無所匱乏的生活。您就轉生到一個能夠度過幸福人生的地方去吧。」

聽艾莉絲這麼說，我才恍然大悟似地想了起來。

死了之後得選擇在天國度日，或是變成小嬰兒從頭來過，是吧。

能夠在那個莫名其妙的世界，再重新開啟一次新的人生才是特例。

雖然時間短暫，至少最後還算是滿開心的吧。

只是，想到再也見不到那些只會添麻煩的傢伙，就讓我有點……

沒錯，是有那麼一點感到寂寞——

或許是這樣的心情全都表露在臉上了吧，看著我的臉，艾莉絲難過地低下頭來。

然後，她以右手對準了我……

『快點回來吧，和真！幹嘛在這種地方那麼簡單就被殺掉了啊！你想死還早得很呢！』

突然傳來了阿克婭的聲音。

在只有我和艾莉絲的這個空間當中，她的聲音伴隨著都卜勒效應大聲迴響。

「等等、這、這是怎樣！」

我因此而驚叫出聲。

然後，驚訝的還不只是我一個人。

「啥！這個聲音，難道是阿克婭前輩？我原本還想說那個祭司長得真像前輩，難不成是本人嗎？」

艾莉絲瞪大了眼睛，露出難以置信的表情，看著空無一物的空間大聲叫道。

『喂，和真，你聽得到嗎？我對你的身體施展了「Resurrection」這種魔法，所以你已經可以回來這邊了喔。現在應該有個女神在你眼前，叫她變出通往這邊的門吧。』

阿克婭的聲音再次響起。

喔喔……！真的假的啊，女神大人。連這麼超凡入聖的事情都辦得到！

這麼說來，那傢伙也曾經讓被無頭騎士砍死的冒險者們復活過！

「好，你等著，阿克婭！我這就回去那邊！」

雖然不知道聲音有沒有傳達到那裡，但我也對著空無一物的空間喊了回去，高興得又叫又跳地。

「等、等等、請等一下！不可以不可以，雖然很對不起您，但您已經曾經重返人間，根據天界的規定，不可以再次復活了！現在只有和阿克婭前輩有連結的您的聲音能夠傳到那邊去，可以麻煩您如此轉告前輩嗎？」

艾莉絲驚慌地這麼說。

喂，真的假的啊。害我空歡喜一場！

「喂，阿克婭，妳聽得見嗎——？她說我復活過一次了，所以根據天界的規定還是什麼的，已經不能再復活了——！」

我對著空無一物的空間如此大喊。

接著，在瞬間的寂靜之後——

『啥——？是哪個女神說這種傻話的啊！喂，妳給我報上名來！再怎麼說我也是負責日本地區的菁英分子，負責這種窮鄉僻壤的女神竟然敢這樣跟我說話！』

喂，幹嘛說成這樣。

我眼前這個負責窮鄉僻壤的女神大人，表情變得超僵硬的好嗎。

「呃，是一位叫做艾莉絲的女神大人……」

我誠惶誠恐地對阿克婭這麼說。

結果，阿克婭抓了狂似地尖叫道：

『艾莉絲？不過是在這個世界被當成國教之神崇拜，就得意忘形地變成貨幣單位的那個托高艾莉絲？喂，和真，如果艾莉絲再繼續多嘴下去，就搶走她的胸墊……』

「我知道了！這是特例！這次就當作是特例好了！我馬上開門！」

打斷了阿克婭的鬼吼鬼叫，艾莉絲紅著臉，彈了一下手指。

隨著這個動作，一扇毫無裝飾的白色門扉出現在我的身前。

「真是的，阿克婭前輩還是這麼蠻不講理……」

艾莉絲先是如此碎唸了之後才說：

「好了，這樣就可以通往凡間……真是的，一般而言是不可以這樣做的喔。照理來說，無論是國王還是誰，能夠靠魔法復活的機會都只有一次……真是的，您是和真先生吧。」

「咦？啊、是！」

聽艾莉絲確認了我的名字，我以語調拔高的聲音回答。

和我們那個沒什麼女神樣的女神相比，這位才是真正的女神大人啊。

而且還是個超級美少女，再怎麼樣難免也都會緊張。

直到剛才，眼神都一直很哀傷的那位女神，一臉很傷腦筋似地抓了抓臉頰。

過了一會兒，她才淘氣地閉起一隻眼睛，有點開心地輕聲說了：

「這件事要保密喔。」

我揚起了苦笑，並推開那扇白色的門——

5

——我聽見了遠方傳來的聲音。

「……真……！和真！和真，快點醒來啊！和真！」

這是趴在我身上哭的惠惠的聲音。

……？

奇怪，右手感覺好溫暖。

我不經意地看了過去，發現達克妮絲單膝著地跪在我身旁，雙手握著我的右手，閉著眼睛，像是在為我祈禱。

我又感覺到頭頂上有個氣息，看了過去。

這時，剛好和注視著我的阿克婭四目對望。

「……啊，終於醒啦？那孩子也真是的，腦袋還是一樣頑固。」

聽著阿克婭的聲音，我感覺到後腦杓有股暖意。

……哎呀。

阿克婭好像讓我躺在她的大腿上呢。

惠惠和達克妮絲發現我醒了，什麼也沒說就緊緊地抱住了我。

她們為了我復活而開心是很好，只是這也太讓人害臊了吧……！

發現我因為害羞而無法動彈，阿克婭笑瞇瞇地看著我。

可惡，早知道就不要回來，應該乖乖在日本重生，過過有錢人家少爺的生活才對。

「喂，和真，幹嘛那麼害羞，說話啊你。你應該有什麼話要對我們說才對吧。」

帶著笑咪咪的表情，阿克婭這麼說。

這個沒用的女神和剛才那個可愛的女神，能不能交換一下啊。

——我喃喃地對阿克婭說了。

「換神。」

「很有種嘛你這個臭尼特！這麼想見她的話，我立刻就送你去見她！」

「住、住手！不准對死而復生的人這麼凶暴啊，妳這個暴力女神！」

阿克婭的額頭上浮現出青筋，一邊大喊，一邊壓住我，同時亮出拳頭作勢要揍我。

就在達克妮絲制止住這樣的阿克婭、安撫著她時，我四處檢查自己挨了冬將軍一刀的身體，同時坐了起來。

「……狀況還好嗎？有沒有哪裡不對勁？」

聽惠惠這麼說，我再次在自己身上到處摸來摸去。

「原則上好像沒問題。這麼說來，我是怎麼被殺掉的啊？」

阿克婭對這樣的我說：

「冬將軍一刀讓你的腦袋搬家了啦，而且切口超級漂亮。也因為這樣，接回去的時候也貼得整整齊齊，治療起來相當容易。血液應該也多少恢復了一點，不過應該還是不太夠，短期之內要是從事劇烈運動的話會容易貧血喔。所以，你千萬不可以打前鋒。要是受了傷，流失更多血的話，可就救不回來了喔。」

「腦袋搬……！」

我一時語塞，忍不住伸手摸了摸自己的脖子。

但無論我怎麼摸，都摸不到傷痕。

我的血在雪原上留下一片殷紅，當時在我身旁的達克妮絲身上也濺到了血。

雖然阿克婭幫我妥善治療了，但死亡這件事還是讓人覺得背脊發涼。

這個世界的冬天，是只有在缺乏食糧的嚴苛環境當中，依然能夠熬過生存競爭的怪物們，才可以活動的季節。

這個季節，根本沒有我們這種新手能夠輕鬆應付的任務。

……嗯，今天就這樣直接回到鎮上去吧。

6

回到城鎮之後，我們直接前往公會，領取報酬。

「不過，才不到一個小時就討伐了十二隻，賺了一百二十萬啊……賺到的金額是很不錯，但死掉就不划算了。妳們說那個冬將軍是特別指定怪物對吧？那個傢伙的懸賞金額有多少啊？能夠一招砍斷達克妮絲的劍，老實說，應該比懸賞三億的貝爾迪亞還要強才對。」

「冬將軍這種怪物，只要我們不對雪精動手，他就什麼都不會做。儘管如此，懸賞金額還是達到了兩億艾莉絲。貝爾迪亞是魔王軍的幹部，對於人類而言是很明確的敵人，賞金之高可以說是來自其危險性。而冬將軍原本並不是那麼具備攻擊性的怪物，賞金卻高達兩億。

如此破格的高額懸賞，也說明了冬將軍有多麼強大。」

聽了惠惠的說明，我不禁陷入了沉默。

——兩億。

有這麼多錢的話，清償債務、買棟房子之後，都還可以遊手好閒一陣子吧。

「……惠惠，對那個傢伙使用爆裂——」

「爆裂魔法無法打倒冬將軍喔。看起來雖然是人形，但他可是精靈呢。精靈原本不具實體，算是魔力的聚合體。如此形同精靈之王的存在，魔法防禦力更是高得驚人。如果是爆裂魔法的話，雖然無論是對付任何存在都能夠造成傷害，但再怎麼說，想要一擊解決他還是很困難……應該說，我不想對那麼恐怖的對手施展爆裂魔法啦。」

行不通啊。見我垂頭喪氣，得意洋洋的阿克婭笑容滿面地說：

「哼哼，和真，我看你好像很沮喪嘛。不過，本小姐可不是只會跪地磕頭喔。你看看，這是什麼！」

說著，阿克婭從衣服裡面拿出一個小瓶子。

瓶子裡裝著雪精。

看來，那個時候她沒有放走所有雪精，留了這麼一隻下來。

「喔！幹得好啊阿克婭。好，把那個傢伙交出來！我要討伐他。」

我誇獎了一下難得動了腦筋的阿克婭，作勢要拿走那個瓶子。

「啥？不、不可以啦，這個孩子我要帶回家當成冰箱！這樣夏天也可以喝到冰冰涼涼的尼祿依德……不要，不可以討伐這個孩子啦——！我連名字都取好了，別想殺害這個孩子！住手，住手——！」

阿克婭把裝著雪精的瓶子抱在懷裡，原地蹲下，展現出了意料之外的強烈抗拒。

可惡，打倒一隻可以賺十萬耶。雖然那是報酬如此高額的怪物——

但今天是阿克婭讓我復活的，雖然有點可惜，還是算了吧。

在工會結算完成之後，我們將扣除債款之後的報酬各自平分。

雖然時間還有點早，但想到今天賺了不少錢，還是決定到旅店去訂個房間，早點休息。

畢竟我才剛復活，不想太勉強自己。

不過……以日薪來算是很好賺，但是對於高額的債款而言還是杯水車薪。

面對前途無光的現實，我為了逃避，便回想起了剛才遇見的艾莉絲。

外表是清純的美少女。尤其是她的心地。

那位女神帶著那麼落寞的表情為我的死而感到哀傷，讓我以特例復活的時候，又一面要我保密，一面溫柔地對我微笑。

來到這個世界之後，我第一次遇見了好像可以作為戀愛對象看待的女生。

光是想著艾莉絲的臉孔，不知不覺間就已經抵達了旅店前。

「呵呵，我要好好養大這個孩子，等到夏天再叫他製造出一大堆冰塊，然後和他一起擺攤賣刨冰！夏天晚上熱到睡不著的時候就和他一起睡……！……吶，惠惠，妳知道這個孩子吃些什麼嗎？」

「我也不太清楚雪精的食物是什麼耶。話說回來，精靈會吃東西嗎？」

「輕飄飄又軟綿綿的，灑點砂糖放進嘴裡應該很好吃吧……」

在我身後的三人，聊著這種沒營養的話題。

我把手放到旅店的門上，同時回頭看了她們三個人。

我再次回想起艾利絲女神清純的模樣。

接著，我再次盯著她們三個人的面容，好好端詳了一番。

「「「……？」」」

對於我這樣的行為，她們三個人愣在那裡，默不吭聲地同樣回看著我。

「……唉……」

「「「啊！」」」

見我長嘆了一口氣，三人便吱吱喳喳地吵鬧起來。我一邊聽著，一邊推開旅店的門。

7

——距離我遭到殺害之後，過了幾天。

「喂，有種你再說一次。」

我好不容易壓抑住怒氣，在一片寂靜的公會當中如此反問那個男人。

不久之前，面臨了第二次死亡的我休養了幾天，試圖平復心情。

然後，今天，依然被禁止從事劇烈運動的我，在公會的公布欄上找看看有沒有背行李之類的簡單工作，但是——

「要我說幾次都可以。要我背行李的工作？待在一個全是上級職業成員的小隊裡，你難道就沒辦法挑戰更像樣一點的工作嗎？我看你八成都是在扯她們後腿吧？你說對不對啊，最弱職業先生？」

說著，那個看起來像是戰士的男子，和同桌的其他同伴笑成一團。

忍耐。

我是個能夠成熟應付事情的男人。比起阿克婭平常的冷嘲熱諷，這種隨處可見的醉漢的挑釁，根本不算什麼。

沒錯，這個男人說的話也不無道理。

我的同伴確實都有點特異，但正如這個人所說，也全都是上級職業。

如果應戰的方式能夠更靈活一點，或許可以賺到更多報酬也說不定。

而且，我的確實也是名為冒險者的最弱職業沒錯。

現在的我，實在沒什麼好回嘴。

——但是，我的無言以對，似乎被那個男人當成是因為心虛，所以什麼都說不出口。

「喂喂，你也回嘴一下吧，最弱職業。真是的，帶著三個好女人到處跑，自以為是後宮小隊啊？而且還全都是上級職業。那幾位小姐想必每天都讓你很爽吧？」

此話一出，引起公會內一陣哄堂大笑。

不過，知道我們之前的表現的人當中，有幾個聽他這麼說反而皺起了眉頭，打算警告他兩句。

我不禁氣到握緊了拳頭，但光是因為有這樣的人在，就讓我還忍得下去。還撐得住。

就在我一直忍耐的時候，惠惠、達克妮絲、阿克婭也前來制止。

「和真，不可以理他。無論他說什麼，我都不會介意。」

「沒錯，和真。醉漢說的話當作沒聽到就好。」

「就是說啊。他只是看和真帶著我們一起行動，在忌妒你而已。我完全不介意，所以不用管他。」

沒錯，眼前的男人是漫畫當中經常出現的，典型的小混混。

實在沒必要特地搭理他。

我咬緊牙關設法忍耐，但男子的最後一句話終於讓我忍不住了。

「居然靠上級職業一路帶著你輕鬆打，沒吃過苦頭的傢伙真是令人羨慕啊！喂，跟我交換一下吧，這位小哥。」

「要換就來換啊，我可是樂意到不行————！」

我放聲大吼。

冒險者公會頓時陷入一片寂靜。

「……咦？」

那個找我麻煩的戰士型男子一手拿著啤酒杯，不禁發出了傻愣的聲音。

「我說要換就來換！喂，你這個傢伙，我默不吭聲聽你說到現在，你倒是越說越不像話了！是啊，我確實是最弱職業沒錯！這我承認……但你這個傢伙！你後來說了什麼來著！」

「和……和真？」

見我突然發飆，阿克婭戰戰兢兢地喊了我一聲。

然後，那個因為我瞬間爆發的怒氣而有點畏縮的傢伙快速說道：

「後、後來？我說，你帶著三個好女人自以為是後宮小隊……」

我握起拳頭使勁地搥了桌子一下。

搥桌子的聲音讓公會裡的人全都嚇了一跳。

「好女人！後宮！你說這叫後宮？我說你啊，你臉上鑲的那兩顆是眼珠還是彈珠來著？哪裡有好女人了你告訴我！還是我的視線太模糊了，怎麼完全都看不到！你的彈珠好像視力不錯嘛，要不要跟我這雙視線模糊的眼珠交換一下啊！」

「「「什、什麼？」」」

聽我這麼說，她們三個人分別指著自己輕呼。

「喂！快說啊！好女人？在哪裡？你說說看在哪裡啊混帳！你說很羨慕我對吧！啊啊？你說了對吧！」

暴怒的我抓著男子的領口時，背後有人戰戰兢兢地向我搭話說：

「和……和真……」

是看起來代表了她們三人的阿克婭。她提心吊膽地舉起右手，以微弱的聲音叫了我。

但是我假裝沒聽到，繼續說：

「而且後來你還說了什麼？靠上級職業一路帶我輕鬆打？說我是個沒吃過苦頭的傢伙啊————？」

「……這、這個，抱、抱歉……我也乘著醉意說過頭了……可、可是，這也沒辦法啊！俗話說外國的月亮總是比較圓，因為你的處境是真的很好嘛！你說願意和我交換對吧？不然這樣，一天。一天就好，和我交換一下吧，冒險者！喂，你們應該沒意見吧？」

被我抓住領口的那個男子這麼說，並詢問了同桌的其他同伴。

「我、我是無所謂啦……反正今天的任務只是狩獵哥布林。」

「我也沒關係。不過，達斯特，你可不要在那個小隊待得太開心，就說不想回來我們的小隊喔。」

「我也不介意。就算多了一隻菜鳥，對付哥布林那種程度的目標也不成問題。相對的，回來你可要多說點精彩的冒險故事喔。」

和那個找我麻煩的男子坐在同一桌，那個傢伙的同伴們各自這麼說著。

「吶，和真。你們就這樣擅自決定了，我們都不能表達意見嗎？」

「不能。喂，我的名字是和真。雖然只有今天一天，還是請你們多指教了！」

「「「啊，好……」」」

那個找我麻煩的男子的三個同伴們，聽起來有些困惑地如此回答了。

8

一個帶著劍和盾、身穿厚重鎧甲的男子，像是在估量我有多少實力似地上下打量，同時對我說。

「我是泰勒，是擅使單手劍的『十字騎士』，算是這個小隊的隊長。雖然只是因緣際會使然，但你今天要當我們的小隊成員一天，所以可得乖乖聽隊長的話喔。」

「那當然了。應該說，平常都是我站在指揮別人的立場，所以有人指揮，也讓我感覺很輕鬆、很新鮮。那就拜託你了。」

聽我這麼說，泰勒露出驚訝的表情。

「什麼？你是說你們那個全是上級職業的小隊，是冒險者當隊長嗎？」

「是啊。」

見我理所當然似地點頭，他們三個驚訝得說不出話來。

接下來是一個披著藍色斗篷，看起來還有些稚氣的女生。

「我是琳恩。如你所見，是個『法師』，會用的魔法到中級為止。總之請多指教囉，對付哥布林這種程度的目標很輕鬆啦。我會保護你的喔，菜鳥！」

那個女孩把我當成年紀比她小的晚輩，嫣然一笑。

雖然，年紀應該是我比較大就是了。不過，如果是真正的魔法師應該就很可靠了，我得要好好依賴一下才行。

「我是奇斯，是個『弓手』。對於狙擊還有點信心，請多指教囉。」

說著，那個背著弓，看起來很輕浮的男子對我笑了一下。

「那麼，我也正式請大家多多指教。我是和真，職業是冒險者……那個，我是不是也該說一下有什麼專長比較好啊？」

這句話讓他們三個人都笑了出來。

「不，沒差啦。應該說，你不是在找背行李的工作嗎？和真只要幫我們背行李就好了。討伐哥布林只要有我們三人也能應付。別擔心，任務報酬我們還是會平均分成四份啦。」

泰勒如此調侃我，但我覺得一點也沒關係。

那個傢伙說我靠上級職業帶著我一路輕鬆打，但是光是背行李就可以分報酬的話，這邊還比較輕鬆吧。這是怎樣，真的可以嗎？

算了，反正是這些傢伙主動這麼說，那我就不客氣地照辦吧。

——這時，張貼任務委託單的公布欄那邊，傳來熟悉的聲音。

「咦——消滅哥布林——？為什麼城鎮附近會冒出那種東西來啊？要不要找個更能夠大賺一票的大型獵物？儘管只有一天，我們可要讓出借到別的小隊的和真知道，平常和我們在一起是多麼難能可貴的事情呢。」

阿克婭好像在刁難那個找我麻煩的傢伙。

「不、不好吧，我知道妳們很有實力，但是我的實力跟不上啊。有大祭司、大法師和十字騎士，這麼齊全的陣容，無論對付任何目標想必都很輕鬆，但這次還是拜託妳們找點簡單的任務吧……話說回來，妳身上沒有武器也沒有鎧甲，應該不會打算穿這樣就出任務吧？」

「放心吧。我對自己的耐打度很有自信，而且反正帶了武器也砍不中。」

「砍不中……？不……那個…………？算、算了，就這樣吧……」

和達克妮絲進行著這樣的對話的那個傢伙說了「這次請找簡單的任務」，是表示下次還想和她們組隊嗎？

我完全不介意就是了。

當我還在好奇他們那邊的狀況時，泰勒站了起來。

「原本在冬天的這個時節，我們是不接工作的，只是正好來了一個討伐哥布林的好賺工作，所以，今天是要去討伐住在山路上的哥布林。現在出發的話，深夜應該就回得來了。那麼，新人，我們立刻動身吧。」

9

哥布林。

那是一種不只在我的世界有名，在這個世界也是無人不曉的主流怪物。

他們並非電玩當中出現的弱小怪物，而是對於一般民眾而言是意外危險的對象的樣子。

單一隻的力量並不算強，但他們基本上是集體行動，而且還會使用武器。

聽說他們屬於野生的亞人種，動作敏捷，體型偏小卻很凶暴，還會攻擊人類和家畜。

一般來說都住在森林裡，但這次不知為何，他們選上了通往隔壁鎮的山路作為棲息地。

我們在通往那座山的草原上，悠閒地走著。

「話說回來，為什麼哥布林會在那種地方住下來呢？不過，也因為這樣，才出現了討伐哥布林這種不太常見的好賺工作就是了！」

打倒一隻哥布林有兩萬艾莉絲。

我不知道哥布林有多強，但是既然琳恩說這個工作很好賺，那應該就不會錯吧。

我只要背著行李跟在他們三個後面就可以分到報酬。

這種毫無緊張感的輕鬆工作或許是第一次吧。

如果是平常的話，我的同伴們肯定會在路上引起什麼爭執或是引發什麼麻煩，今天卻完全沒碰上任何問題，就抵達了我們要去的那座山。

說是山，卻也不像日本的那麼綠意盎然，是幾乎整座都呈現咖啡色的岩山。

植被只有零散的樹叢，自然環境並不算富饒，讓我覺得哥布林搬到這種地方來住，是一件很奇怪的事情。

如果是原本的成員，我現在應該會擔心任務無法順利進行而感到不安，但今天我卻有種強烈的安心感。

一定是因為，這是個正常的小隊吧。

泰勒停下腳步，攤開地圖。

「目擊情報指出，哥布林出現在這條山路走到頂之後再往下走一點的地方。或許是山路邊有哥布林覺得住起來很舒適的洞窟吧，所以接下來要稍微提高警覺了。」

對於泰勒的這番指示，我甚至覺得有點感動。

就是這樣，有這種對話才叫作冒險者啊。

什麼想衝進敵陣的正中央、總覺得想詠唱爆裂魔法、好想早點回去喝酒，有這種對話才奇怪吧。

所有人彼此互看了一眼，無言地點了頭。

狹窄的山路完全沒有岔路，順著險峻的岩山向前蜿蜒。

路寬大概可供五六個人並排行走，但一邊是聳立的岩壁，另外一邊則是斷崖。

我們就這樣默默地在山路上走著，忽然間，我察覺到一件事。

「有東西順著山路往這邊過來了，我的感應敵人技能感應到了。不過，只有一隻。」

感應敵人技能有了反應。不過，反應似乎只有一隻。

哥布林不都是團體行動的嗎？

聽我這麼說，三人驚訝得回過頭來。

「……和真，你有感應敵人技能嗎？應該說，只有一隻？那就不是哥布林囉。雖然這種地方應該不會有單獨行動的強大怪物才對……這條山路沒有岔路，就算躲到旁邊的樹叢裡去，也會馬上被發現吧。只好迎擊了嗎？」

泰勒舉起盾這麼說，不過……

「不，躲到樹叢裡去應該就不會被發現了。因為我有潛伏技能。這個技能，對於觸碰技能使用者的小隊成員也有效。既然這麼剛好有樹叢，總之還是先躲起來再說，如何？」

聽我這麼說，三人在顯得更加吃驚之餘，也躲到樹叢裡來。

不愧是身經百戰的冒險者小隊。

不知道對手是何方神聖的時候，先避免交戰、觀察狀況，可以說是基本中的基本。

小心謹慎不足為恥，疏於注意而死的傢伙才該覺得丟臉。

如果是我平常的同伴們，不知道肯不肯像這樣乖乖躲起來。正當我躲在樹叢裡如此煩惱的時候──

那個東西來了。

一言以蔽之，是貓科的猛獸。

體型甚至超越老虎和獅子的那個傢伙，全身長滿了黑色的體毛，嘴裡伸出像劍齒虎般的兩根長牙。

那個傢伙在山路上，貼著地面神經質地不斷嗅著我們剛才待過的地方。

琳恩看見那副模樣，連忙伸手摀住自己的嘴。

或許是因為恐懼而差點尖叫出來也說不定。

他們觸碰著發動潛伏技能的我，因為緊張的關係，手上也多用了幾分力。

這三個人會這麼緊張，可能正代表了那是相當危險的怪物囉。

──那傢伙在附近嗅了一陣子，終於往我們爬上來的方向走，消失在通往城鎮的路上。

「……噗哈──！好好好好、好可怕──！是初學者殺手！那是初學者殺手啊！」

看著琳恩淚眼汪汪地這麼說，那果然是個危險傢伙的樣子。

「心、心臟都快停了！得、得救了……就是因為這樣吧，哥布林之所以搬到離城鎮這麼近的山路來，就是因為被初學者殺手趕過來的吧。」

「是、是啊……不過，這下麻煩了，他偏偏往我們回程的方向離開，這樣我們也沒辦法逃回鎮上啊。」

奇斯和泰勒分別這麼說。

「請問，剛才那個傢伙有這麼危險啊？」

聽我這麼說，他們三人紛紛對我投以難以置信的眼神，像是在說「你怎麼會不知道」。

「初學者殺手。那個傢伙喜歡在對於新進冒險者而言特別好賺、比較弱小的怪物，像是哥布林或狗頭人的附近遊蕩，並藉機狩獵弱小的冒險者。也就是說，他會以哥布林為餌，引誘冒險者上鉤。而且他會定期追趕哥布林群，不讓他們定居，藉此改變狩獵地點，是一種狡猾的高危險度怪物。」

「那是怎樣，太可怕了吧。」

現在已經進入怪物也有這等智慧的時代了嗎？

真想拿那隻初學者殺手的指甲垢煎成藥（註：日本諺語，效法有能之人、見賢思齊的意思），治治阿克婭的蠢病。

「總之，我們先去完成討伐哥布林的任務再說吧。初學者殺手這種怪物平常會保護他作為吸引冒險者們誘餌的哥布林，避免外敵侵襲。我們只要在討伐哥布林之後躲到山路旁的樹叢裡，或許他會聞到我們打倒的哥布林的血腥味，像剛才那樣從我們的躲藏地直接路過也說不定。他要是接近了，也可以靠和真的感應敵人得知。與其在這邊等著不知道會不會回來的初學者殺手等到天荒地老，不如先往目的地前進吧。」

泰勒如此提議，於是我們走出樹叢。

……這時，琳恩從我背上拿走了一些行李。

「要是遇見初學者殺手，大家要一起逃跑的時候，和真身上的東西也是越輕越好吧。我也幫你拿一些，相、相對的，潛伏和感應敵人的技能，就都靠你囉。」

琳恩背起自己的行李，餘悸猶存地對我這麼說。

聽見琳恩這麼說，泰勒和奇斯也連忙拿走我背上的行李。

「「我、我們可沒有打算全部靠和真喔！」」

哎呀，耍起傲嬌來了呢。

沒感覺到初學者殺手回頭的跡象，我們一步一步沿著山路往上爬，最後正如泰勒手上的地圖所示，來到山路開始變成下坡的地方。

目擊者似乎就是在這裡看見哥布林。

泰勒轉過頭來對我說：

「和真，如何？感應敵人技能有什麼反應嗎？」

當然有啊，而且還很多。

「順著山路走下去拐過那個彎的地方有很多反應，至於我們上山的方向那邊，目前是還沒有初學者殺手接近的跡象。」

不過氣息很多耶，數量不下十個。

實在太多了，多到我有點數不清。

「既然有很多的話就是哥布林了吧，因為哥布林會集體行動。」

奇斯輕描淡寫地這麼說。

「不，我沒對付過哥布林所以不太清楚，可是會這麼多嗎？一般來說一群哥布林應該有幾隻啊？感應是感應到了，可是數量多到讓我有點數不清喔。」

我略感不安地這麼問。

看見我的反應，琳恩似乎也不安了起來。

「吶、吶，真的有那麼多嗎？既然和真都這麼說了，我們還是先偷偷探伺一下到底有幾隻，打得過的話再……」

琳恩才說到這裡……

「放心放心！總不能一直讓和真表現吧！好，咱們上！」

如此大喊的同時，奇斯往哥布林所在的下坡轉角衝了出去。

接著泰勒也衝了出去，然後兩個人同時大喊：

「「等等！也太多了吧！」」

跟在大喊的兩個人之後，我和琳恩也拐過那個轉角。

——出現在眼前的是，數量不下三十的大群哥布林。

這就是有名的哥布林啊！原來如此，確實是小型鬼怪！

身高只有小學低年級學童的程度，但他們幾乎都拿著武器，直直朝我們衝過來。

這還真有點威脅性。

看見這一幕，琳恩臉上一陣抽搐，大喊：

「我不是說了嗎！所以我不是說了嗎！我不是說先躲起來偷偷數一下數量比較好嗎！」

以哭腔大喊的琳恩、身為弓手的奇斯，泰勒將他們護在身後，自己上前擋在山路轉角。

「哥布林一般來說頂多十隻一群才對啊！可惡，就算直接逃跑也很有可能撞見初學者殺手，遭到夾攻！所以還是動手吧！」

泰勒如此吶喊著，琳恩和奇斯便帶著散發出悲壯感的表情開始準備攻擊。

哥布林們見狀，紛紛發出奇怪的叫聲，順著山路朝我們這邊衝了上來！

這裡是山路，而且有一邊是斷崖。

「嘰嘎！嘰——嘰——！」

然後，我們目前在斜坡上方組織了陣型。

「好痛！可惡，我中箭了！喂！有拿弓的哥布林！琳恩，快用風系的防禦魔法！」

「琳恩正在詠唱不過應該趕不上！所有人自己想辦法閃躲！」

就在泰勒和奇斯如此吼叫時。

「『Wind Breath』！」

我臨時如此吶喊的初級風魔法，便將飛向我們的箭給吹散了。

「和、和真！幹、幹得好！」

就在泰勒舉著盾在我身前如此大喊之際，琳恩的魔法好像也完成了。

「『Wind Curtain』！」

在她如此吶喊的同時，一陣風圍繞著我們吹了起來。

沒錯，這才是魔法！

這才是真正的魔法師的支援魔法啊！

這想必是能夠讓箭偏向或是怎樣的魔法吧。

在見識到真正的魔法師該有的舉動而感動的同時，我大聲喊叫：

「在這種地形的話，這招應該有用！『Create Water』——！」

我詠唱了初級水魔法，灌注大量的魔力，製造出大範圍的水。

水從泰勒阻擋敵人的地方順著坡道向前潑灑而去。

「和真？你到底在做什麼……」

背後傳來了琳恩發出的疑問之聲。

「『Freeze』！」

我以全力施展出初級的凍結魔法！

「「「喔喔！」」」

除了我以外的三人驚叫出聲，同時在哥布林們的腳邊形成了一大片薄冰。

這招我之前也對魔王軍的幹部用過。薄冰輕而易舉地絆住了哥布林的腳步，讓他們四處跌得四腳朝天。

當哥布林慢吞吞地走上來，顫抖著雙腳以不穩的姿勢設法撐住自己時，泰勒便穩穩站在乾燥的地面上，安全地砍殺他們。

在這種狀況下應該不至於受傷才對吧！

我也拔出劍，站到泰勒身旁……！

「泰勒！在如此惡劣的地面狀況下還能爬上來的哥布林，就由我們兩個解決吧！那些沒有爬上來的哥布林，就交給能夠進行遠距離攻擊的後面那兩個人了！」

在對於和小隊成員們之間的良好合作感到有點感動的同時，我開心地如此呼喊。

「幹、幹得好啊和真——！喂，你們兩個，動手吧！在這個狀況下，無論敵人有多少都不成問題，幹掉那些哥布林吧！」

「嗚哈哈哈，這是怎樣，太輕鬆了吧！看我把他們射成蜂窩！」

「看我的！我要朝那群傢伙的正中央發射強力的魔法——！」

我們以不知為何情緒莫名高昂的氣勢，攻向了那群哥布林！

11

討伐了那群哥布林之後，我們踏上了歸途。

「……呼，我、我從來沒聽說過魔法可以那樣用！為什麼最大功臣會是初級魔法啊！」

「就是說啊——！我在魔法學院時，老師們都教我們初級魔法那種東西學了也只是浪費技能點數耶！呵呵、呵呵呵，結、結果這是怎樣嘛！」

「嗚哈哈哈，糟、糟糕，能夠這麼輕鬆地討伐哥布林，這還是第一次！哎呀，看到那麼大一群哥布林的瞬間，我還以為自己在這裡就要完蛋了呢！」

在沿著山路往鎮上走回去的途中，我們回顧著剛才的戰鬥。

他們三個人紛紛興高采烈地聊著剛才的戰鬥，至今仍然異常亢奮。

「喂，戰鬥都結束了，快把行李拿來吧。最弱的冒險者負責背行李不是基本常識嗎？」

我揚起嘴角，稍微挖苦了他們一下。

「等等，抱歉啦和真，是我們不對，我道歉！從今以後，我再也不敢因為你是冒險者而瞧不起你了！」

「對、對不起喔，和真！應該說，為什麼人稱最弱職業的冒險者，卻是表現得最突出的一個人啊！太奇怪了吧！」

「喂，和真，把你的行李拿來！你是今天的ＭＶＰ，我來幫你背行李！」

結果馬上害他們慌張了起來，害我忍不住噴笑。

見我笑了出來，他們三個才發現我是在開玩笑，也跟著笑出了聲。

啊啊，真好。

真正的冒險者小隊，就該是這種感覺啊。

「嘖……好痛……」

泰勒按著手臂，皺起了眉頭。

在剛才的戰鬥中中了箭的泰勒，將還刺在手臂上的箭拔了出來。

「喂，你還好吧？有需要的話我是可以當場學會恢復魔法，不過如果沒有消毒藥的話，在回到鎮上之前還是別讓傷口癒合比較好吧。回到鎮上之後，再清洗傷口，好好消毒吧。」

聽了我不經意地對泰勒說的這番話，不知為何，琳恩和奇斯緊張地吞了口口水。

「和真，你、你連恢復魔法都可以學會啊……？」

「恢復魔法……我、我們隊上終於有會用恢復魔法的成員了……」

不知道兩人想表達些什麼，但才說到一半就被泰勒打斷了。

「喂，別再說了。和真有他該回去的地方，而且還是個全都是上級職業成員的小隊……真是的，這下我總算知道為什麼最弱職業的和真會在全是上級職業的小隊裡當隊長了。」

泰勒這麼說著，對我笑了一下。

我到現在還是不知道，自己為什麼非得待在那個問題兒童的小隊裡當她們的保姆不可，但泰勒好像很清楚。

改天我一定要好好請教他一下。

我們下了山，踏進延伸到城鎮的寬廣草原地帶。

——然後，我們想起了一件事。

有個我們更該多加注意的傢伙存在。

「奇怪？好像有什麼東西以非常快速地朝我們這邊衝過來耶？」

不愧是弓手，視力出奇地好。

接著，我的感應敵人也察覺到了那個傢伙。

那隻黑色的野獸，朝著走在黃昏時分的草原地帶正中央的我們衝了過來。

「是初學者殺手！」

以我的喊叫聲為信號，我們四個同時拔腿朝鎮上衝刺。

「呼……呼……！可惡，都已經到了最後關頭才來這招啊！」

奇斯喘著氣，如此咒罵著。

「呼、呼……不、不妙了——快被追上了——！」

上氣不接下氣的琳恩像是在回應他一般，淚眼汪汪地這麼說。

初學者殺手已經追到我們身後不遠之處了。

這裡離城鎮還有一段距離，再這樣下去我們八成逃不過吧。

這時，跑在最前面的泰勒向後一轉，舉著劍說：

「琳恩！再這樣下去我們會被追上！妳帶著和真逃回鎮上去！我來牽制住他，奇斯留下來掩護我！回到鎮上之後就衝到公會去，叫人來支援我們！」

「喔喔！說、說的對！包、包、包、包在我身上！說的也是，和真明明是其他小隊的成員，卻是今天最努力的一個！這次該輪到我們努力了！」

這是怎樣，也太帥了吧！

怎麼可以說出「這裡交給我們你先走」這種帥氣的台詞啊！

「我、我知道了！走吧，和真！」

琳恩叫了我一聲，抓著我的手準備衝刺。

——但，雖然只有今天一天，他們還是我的隊友。

我不可能選擇把他們丟在這裡自己逃走。

初學者殺手已經來到近在咫尺的地方。

他鎖定的目標是擋在前方的泰勒。

「等、等一下，和真！你不逃嗎？」

琳恩放開抓住我的手，對於我一動也不動而感到困惑。而我聽著她慌張的聲音，為了避免初學者殺手聽見，輕聲喊出：

「『Create Earth』。」

我的掌中冒出少量的乾爽鬆土。

「喂、喂，和真！危險啊，你快逃！」

聽著奇斯慌亂的聲音，我緊緊握住剛才製造出來的少量乾土，偷偷站到泰勒的右後方。

「來啊——————！儘管放馬過來啊，你這顆毛球！」

泰勒吶喊著。

初學者殺手撲向泰勒。

「『Wind Breath』！」

我將托著乾土的手掌對準了初學者殺手，大聲詠唱。

「嘎嗯！」

初學者殺手撲向泰勒時，沙粒突然從旁吹向他的臉部。大量的沙粒飛進他的眼中，讓他直接趴倒在地上。

儘管眼睛看不見，他還是趴在地上嘶聲嚇唬我們。

「呼吵——！」

「啥？咦？咦咦！」

泰勒他們一時還搞不清楚發生了什麼事。

「喂，趁現在！落跑啦————！」

——到城鎮還有一小段距離。

但是，我已經感應不到初學者殺手的氣息了。

既然說他是狡猾的怪物，就應該不至於追到城鎮附近來才對。

「甩、甩掉了嗎？」

泰勒氣喘吁吁地說著。

「呼……呼……好、好像甩掉了？」

琳恩停下腳步，回頭看了好幾次，同時這麼說。

「……呵……呵呵……呵嘿嘿嘿……」

奇斯像是制不住笑意似地，忍不住笑了出來。

喂、喂，是怎樣，被嚇到發瘋了嗎？

——然而，像是受到奇斯的笑聲影響似地。

「呵……呵……呵、呵、呵……！」

「哈哈……哈哈哈哈……哈哈哈哈哈哈！」

因為逃離了強敵，不知不覺間，包括我在內，在場的所有人都笑了起來。
「喂，剛才那招是怎樣啊！和真，你幹了什麼好事啊！噗哈哈哈哈！」
泰勒猛拍我的背，但這種粗暴的疼痛感讓我覺得心情很暢快。
我與高采烈地同樣拍了拍泰勒的鎧甲。
「初級魔法啦初級魔法！我是冒險者耶，耗費的技能點數太高了，我頂多只能學初級魔法啊！哇哈哈哈哈！」
「最好是有你這種冒險者啦！嗚哈哈哈！肚、肚子好痛！還活著啦，我們遇見初學者殺手卻還活著啦！」
「太誇張了啦──！這個人真的太誇張了，各種方面都是──！你的智力到底有多高啊！吶，和真，借我看一下你的冒險者卡片！」
我遵照琳恩所說，將卡片遞給她。
「怪……怪了？智力很普通啊。其他數值也……等等，好高！這個人的幸運值超高！」
聽琳恩這麼說，其他兩個人也好奇地湊過去看我的卡片。
「嗚喔，這是怎樣！」
「喂、喂，這次出任務之所以能夠萬事順利到這種地步，會不會都是拜和真的幸運值所賜啊？你們趕快拜一拜！說不定可以得到什麼庇佑！」

不，我覺得肯定跟幸運無關吧。

櫃檯小姐也說，對於冒險者這個工作，幸運值是沒什麼必要的參數。

而且，如果我的運氣真有那麼好的話，一開始就不會找到那些傢伙來當隊友了，嗯。

但是，泰勒這麼一說，他們三個人還真的雙手合十，朝著我拜起來了。

「你、你們別這樣，還真的拜啊……比起那個，要不要來杯咖啡？我可以提供乾淨的水，就連點火也不成問題喔。」

我對他們三個人笑了一下，並拿出了馬克杯。

12

我們抵達冒險者公會前的時候，時間已經超過半夜了。

除了領取討伐報酬之外，還得報告初學者殺手出沒的消息才行。

但是泰勒表示，既然我們殲滅了那群哥布林，初學者殺手應該就會離開有人煙的地方，尋找一群新的哥布林才對。

「到、到了——————！今天有如經歷了一場大冒險的感覺呢！」

我們一面聽琳恩這麼說，一面笑著推開公會的大門——

「抽噎……嗚嗚……噫、噫嗚……啊……和、和真～～～……」

看見泣不成聲的阿克婭，我輕輕關上了門。

「喂！你的心情我非——常能夠感同身受，可是不要關門好嗎！」

打開我關上的門，纏著我不放的這個快要哭出來的傢伙，是今天早上找我麻煩的男子。

名字好像叫做達斯特，是阿克婭她們那個小隊的新隊長。

那狀況可有夠悽慘。

達斯特背著惠惠，阿克婭則是背著翻了白眼的達克妮絲哭個不停。

仔細一看，阿克婭的頭上留下了大型齒痕，還沾著不知道是唾液還是什麼的東西，總之看起來濕濕的樣子。

「呃……這是怎樣。不，我大致上猜得到。我大概知道發生了什麼事，所以不想聽。」

「聽一下啦！聽一下好嗎！我知道是我不對，拜託你聽一下啦！是這樣的，離開鎮上之後，我先問她們各自會用怎樣的技能。於是，這個女生說她會用爆裂魔法，所以我就誇獎她很厲害，結果她就說什麼讓你見識一下吾的力量，突然就對著空無一物的草原，毫無意義地轟出她用盡所有魔力的爆裂魔法……」

面對向我哭訴的達斯特，我摀起耳朵假裝聽不見他說的話。

「喂，聽我說啦！結果，初學者殺手啊！不知道是不是因為聽見爆炸聲，初學者殺手就跑過來了啊，但是最重要的魔法師卻倒地不起，我說要逃跑的時候，明明沒穿鎧甲的十字騎士卻衝了過去，最後……」

「喂，看來這個傢伙已經報告過初學者殺手的事情了，我們就先好好吃個飯吧。我們來乾杯慶祝新小隊成立！」

「「「喔喔喔喔喔！」」」

聽我這麼說，泰勒、奇斯、琳恩三個人都高聲歡呼。

「等等！我道歉就是了！要我下跪磕頭還是怎樣都可以，讓我回到原本的小隊吧！」

我打從心底同情真的哭了出來的達斯特，並說：

「從今以後，希望你在新的小隊裡好好努力。」

「都是我不好！我為今天早上的事情道歉，請原諒我吧！」

讓迷宮的主人得到安息！

1

「明天我們要進地城。」

「我不要。」

「我們去定了。」

我立刻拒絕了惠惠的反對，於是惠惠準備逃跑，但被我抓了回來。

距離我腦袋搬家已經過了一個星期。

因為總算恢復到能夠戰鬥的程度，於是立刻向待在公會裡放鬆的同伴們如此提議，但惠惠對於前往地城非常地排斥。

「我不要我不要，畢竟在地城那種地方，我就完全沒有存在價值了啊！爆裂魔法會造成地城坍塌根本無法使用，我真的就是個完全的普通人而已！」

「這根本是妳想加入的時候我所說過的話好嗎！那時候妳還說無論是背行李還是什麼都

可以叫妳做，所以不要拋棄妳！」

聽我這麼說，被我抓住後領的惠惠終於死了心，低下頭來。

「唉……我知道了。可是，我真的派不上任何用場喔，頂多只能背背行李而已……」

惠惠這麼說，死心的表情上洋溢著不安。

為了讓她放心，我說：

「放心吧，妳只需要跟著到地城的入口就可以了。在前往地城的路上，要是遇見危險的怪物，妳就用魔法解決他們吧。」

「咦？到入口就可以了嗎？」

就在惠惠一臉狐疑的時候。

「可是，你怎麼突然說想去地城啊？要去地城的話，小隊裡面就一定要有盜賊喔。克莉絲呢？最近好像沒見她出現在公會裡耶。」

阿克婭懶洋洋地趴在桌子上這麼說。

在我恢復到能夠戰鬥的這段期間，這個傢伙不是占據暖爐前在最溫暖的地方喝酒，就是像這樣癱倒在一旁，什麼都不做。

我問過她年紀有大到可以喝酒嗎，她則是回了我一句不要以為連魔法都有的世界，還會跟日本的法律一樣。

在這個世界好像幾歲都可以喝酒，只是酒後出了什麼事都得自己負責。

「克莉絲好像說過她突然變忙了。聽說是以前很照顧她的前輩，硬是塞給她一個大難題，所以她為了去收拾善後，暫時不會出現在這裡。不過，探索地城時需要的感應陷阱和解除陷阱技能克莉絲都教過我，我也已經學會了。克莉絲還告訴我，棲息在地城裡的怪物不會因為季節而有所改變。所以，找個簡單的地城潛進去探險，順利的話還可以大撈一筆。」

和泰勒他們出過那次任務之後，我可不是白白躺著休息了一個星期。

打倒雪精和哥布林，因而提升了三個等級的我，已經學會了感應陷阱和解除陷阱，以及另外一個新技能。

感應陷阱和解除陷阱的成功機率，據說會受到靈活度和幸運值影響。

靈活度和一般人差不多的我，只希望可以靠天生的好運來設法補足了。

不過，想到我老是和一些怪人牽扯又背了一大筆債，真讓我覺得自己的幸運值之高，不知道是什麼笑話。

達克妮絲的鎧甲好像已經修好回來了，她專心地拿布擦亮自己的鎧甲，臉上掛著微笑。

而這樣的達克妮絲忽然轉過頭來。

「嗯，等一下。我的大劍被冬將軍砍斷了，新的大劍的訂單雖然已經送出去，但需要花點時間才能夠完成。要是把現在的我算進戰力當中的話……」

「我一開始就沒把妳當成戰力，沒問題啦。」

「！」

達克妮絲溼了眼眶、紅著臉，心情八成是一半興奮、一半受傷吧。

反正有一半是高興的話，我也懶得多搭理她了。

我決定繼續說：

「為了避免妳們兩個誤會，我先說了。要進地城的只有我一個人，妳們要做的事，就是希望能在前往地城的路途中保護我。」

「「「？」」」

2

我們離開城鎮，花了半天左右的時間走到某座山的山腳下，順著未經鋪設的獸徑前進。

在這條積了雪、又有樹枝擋路的小徑上，不知道走了多久。

此時突然出現在我們面前的，是一棟相當牢靠的小木屋。

小木屋的正面隨意掛著一個招牌，上頭寫著「避難所」三個字。

而小木屋附近的山壁上，有個幽暗而看不見內部狀況的開口，那就是地城的入口了。

這個地城的入口看起來像是天然的洞窟，但探頭看一下裡面，就可以看見一道搭建得相當完善的階梯，一路通往內部。

這個地城的名稱，叫做基爾的地城。

——很久以前，有個人稱稀世天才、名為基爾的大法師，和一位貴族千金落入了情網。

原本全神貫注在魔法的領域當中，對於男女情愛毫無興趣的男子，看見偶然來到鎮上散步的千金小姐，只看了她這麼一眼就愛上了。

但是，這種戀情當然不可能會有結果。

身分差異在這個世界就是如此遙遠的距離。

男子非常了解這一點，所以更是一心埋首於魔法的修練及研究當中，像是要藉此忘記心中萌生的情愫似地。

光陰似箭，曾幾何時，男子成了人稱國內最優秀的大法師。

男子毫不吝惜於使用自己所會的魔法，為國家多有貢獻。

人們紛紛讚揚這名男子。

於是，國王邀請男子進城，為他舉行了宴會。

國王對這樣的男子說。

我想回報你的功績。可以為你實現一個心願，任何事情都行。

男子說了。

這個世上只有一個，無論如何我都無法實現的心願。

——當時，名為基爾的那個大法師提出了什麼願望，沒有人知道。

根據之後的故事，那個大法師擄走了那位貴族千金，建造了這座地城，就這樣把自己和貴族千金關在裡面的樣子。

在那之後到底演變得怎麼樣了，也沒有流傳下來。

不過，照理來說，區區一介魔法師，即使帶著人質把自己關在地城裡，再怎麼抵抗，應該也沒有勝算才對。

時至今日，當年建造這座地城的這番經過，幾乎都已經遭到人們遺忘，成了新進冒險者第一次練習探索地城的絕佳地點。

我在基爾的地城的入口停下腳步，轉頭對跟在後面的三個人說：

「好。那麼，接下來就由我自己進去，妳們在旁邊的避難所裡等我回來。如果過了一天我還沒回來的話，就麻煩妳們回到鎮上向泰勒他們求救……話雖如此，今天這只是嘗試性的探索，目的只是偵查和實驗，所以很快就會回來了。」

聽我這麼說，三人都露出不安的表情。

達克妮絲雙手抱胸。

「你真的要去嗎？我從來沒聽說過有人獨自進入地城。聽了和真的說法，全副武裝的我會發出嘈雜的聲音，跟去也只是礙事，但……」

是啊，這或許是史無前例的嘗試沒錯。

「我也一樣，跟去反而只是礙事……但你還是重新考慮一下吧。」

惠惠不安地這麼對我說。

「放心啦，我會跟他一起去。」

這時，阿克婭說得一副很可靠的樣子……

「……不，妳不用跟來。應該說，我自己一個人進去還比較方便。」

我又對阿克婭說明了一次來這裡的路上時所說過的事情。

「奇斯教了我一個弓手的技能，『千里眼』。有了這招，就可以有夜視能力了。我之前已經試過，即使在毫無光線、完全的漆黑的環境當中，還是可以掌握空間配置，也看得見物體的形狀。也就是說，只有我一個人的話就不需要燈火。如此一來，專以冒險者手上的燈火為標誌的怪物就不會發現我了。」

當然，如果用這招就可以獨自進入地城的話，全世界的弓手們早就都這麼做了。

但是——

「再說，我還有盜賊技能的『感應敵人』和『潛伏』對吧。在黑暗中靠夜視確認了地形，感應到敵人就繞路。再加上潛伏技能，就算是碰上無法繞路的狀況，在黑暗中只要緊貼著牆壁，就可以等敵人路過而不被發現……應該啦。」

就屬這招我還沒嘗試過，所以無法斷定。

雖然是說要進地城，但並沒有接下什麼討伐委託。

既然打倒怪物也賺不了錢，那能夠避免戰鬥的話當然是最好。

躲過所有怪物，拿了寶物就閃人。

這樣說起來，我要做的事情似乎很像小偷，但這也是因為冒險者能夠學習各種職業的技能，才能有的專屬特權。

這種時候就更應該活用為數不多的優點才對。

我從行李裡面拿出在公會買的消臭藥水，這是專門應付嗅覺敏銳的怪物用的道具。

地城裡的怪物應該很習慣黑暗了才對。

也就是說，可想而知，他們應該擅長靠視力以外的能力來感應敵人。

例如獵物的氣味之類。

當然聲音也有可能，這個部分就只能祈禱在怪物發現我的聲音之前，我的感應敵人技能可以先察覺到怪物了。

至於像蛇的熱能感應器官，還有蝙蝠的超音波聲納之類的感應方式就完全沒轍了，不過聽說棲息在這個地城的怪物並沒有類似的能力。

關於住在這個地城裡的怪物，我已經事先問過公會，並調查好情報了。

畢竟，我上星期才剛死過一次而已。

我是有點想見艾莉絲女神，但是再怎麼樣也不想死那麼多次。

我將消臭藥水撒在自己身上。

不知道這種藥水能產生多大的作用，但總比完全沒使用好吧。

而且，之前遇見初學者殺手、使用潛伏技能的時候，他雖然很在意我們的味道，但最後還是離開了。

也就是說，我認為氣味之類多少也能夠靠潛伏技能來掩飾。

嗯，行得通。應該行得通才對。

話說回來，反正這次只是實驗。順利的話就當作是賺到，只要這樣想就好了。

這次準備挑戰的這個地城，以我的等級來看算是比較低等。

如果這種探索方法成立，不只這種較低等的地城，今後再到更有賺頭的地方去就好了。

說到頭來，這個地城距離鎮上不過半天的路程而已。

裡面應該早就被冒險者們翻遍了吧。

沒問題。即使碰上敵人，這座地城裡的怪物我應該都有辦法應付才對。

「那我出發囉。這裡這麼冷，又有可能遇見怪物，妳們還是到裡面去悠哉地等我吧。」

我向大家揮了揮手，就從地城的入口往下走了進去。

——這時，我聽見有人跟在我後面走了進來。

我轉過頭，看見阿克婭一臉理所當然地跟了進來。

「……妳剛才有沒有在聽我說話啊？我不是說自己一個人行動比較好嗎。就算跟來了，在一片漆黑的環境當中，妳什麼也辦不到吧。」

聽我這麼說，阿克婭一臉氣定神閒地「哼哼」笑了兩聲。

……真想揍她。

「喂，和真，你是不是忘記本小姐的身分啦？大祭司只是掩人耳目而已。你說說看啊，雖然惠惠和達克妮絲堅持不肯相信，但我的職業是什麼，快說說看啊。」

「欠債之神對吧？」

「不對啦，是水之女神啊！不然好歹也說個宴會之神好嗎！」

老實說是什麼神都無所謂啦，這個傢伙到底想說什麼啊。

「我再怎麼說也是女神耶，神的雙眼具有能夠看透一切的力量。和真要來這個世界的時候，我也看穿了你的死因不是嗎？雖然落入凡間之後力量減弱了，但還是有保留了一兩項神一般的能力喔。即使無法看透一切，看透黑暗這點小事也還是辦得到啊！」

見阿克婭挺起胸膛這麼說，讓我變得越來越不安。

老實說，天曉得她會捅出什麼婁子，我真的擔心得不得了。

怎麼辦，該怎麼拒絕她呢……然而，阿克婭對這麼想的我說了：

「地城裡呢，多半都有不死者喔，而他們會以活人的生命力為目標接近而來。也就是說，潛伏技能對不死系怪物不管用。既然如此，除了讓本小姐跟去，你也別無他法啦！」

真是的，這下我真的只有不祥的預感了。

3

我們沿著地城入口的樓梯，不知道往下走了多久。

在昏暗的環境中已經走了相當長的一段時間，卻還是出不了地城的通道。

原本聽說這是個適合新進冒險者來的地城，我還以為會是個更小一點的地方，但這下探索時間似乎會比我以為的還要久了。

話雖如此，這次的地城探索，只是為了實驗這種小偷般的手法在地城裡是否通用。

坦白講，要是那些一邊老老實實紀錄著地圖，一邊探索地城的人知道了，一定會覺得這是邪門歪道吧。

我一面感覺阿克婭在我背後平平安安地跟著，就一面順著樓梯往下走。

「和真，你的夜視沒問題嗎？在如此黑暗的環境中，我晶亮的雙眼還是可以清楚看見擔驚受怕的和真，提心吊膽地走下樓梯呢。看不清楚的話要說喔。」

阿克婭對我這麼說，實在很難判斷她是擔心我還是想找我吵架。

「看得很清楚啦。只要有一點風吹草動就會嚇一跳，妳那副丟臉的模樣我也看得一清二楚。妳才是，算我拜託妳，不要腳一滑就滾下階梯了喔。」

聽我這麼回她，阿克婭一臉放心的樣子，微笑著說：

「是喔。這裡面對我而言，能見度也是高到可以用跑的逃走，所以要是怪物接近了要告訴我喔。還有，我真的看得很清楚，所以別想趁亂摸我的屁股。」

「放心吧，什麼摸妳的屁股，我完全沒有在想那種蠢事。不然直接告訴妳我現在在想什麼好了。我很認真地在想，該怎麼做才能把妳一個人丟在地城深處自己回去。」

我和阿克婭當場停下腳步，看著彼此。

「討厭啦——和真老是愛開玩笑——！呵呵！」

「妳真是笨耶阿克婭，我們共處也有段時間了，難道妳還聽不出來，我剛才說得還頗認真的嗎——？哈哈哈哈哈！」

就在這麼說著的時候，漫長的樓梯終於來到了最後一階。

在完全的黑暗當中，多虧了技能，我才能夠正確掌握住地城的石壁在哪、通道有多寬。

在我眼中，物體的輪廓呈現藍白色，浮現在漆黑的空間當中，看起來就像是紅外線熱像儀的畫面那樣。

樓梯的盡頭，是分成左右的通道。

然後，我發現就在剛下樓梯的地方有個東西。

「……這是什麼？」

雖然說是夜視，但視野當中也只有一片漆黑和藍色的輪廓，無法得知物體原本的色彩。

沒錯，看得見的只有眼前那個類似腐朽的人體的東西輪廓……

……………

「呼哇——！」

那是一具已經腐朽的冒險者屍體。

不知道是像我一樣想要一個人挑戰地城，還是死了之後被同伴丟在這邊。

雖然不得而知是為什麼會被遺棄在這裡，但確實有一具人類的屍骸橫躺在地。

阿克婭走近屍體旁。

「……快要變成不死者了。和真，先等我一下喔。」

說著，阿克婭開始喃喃唸起禱詞，那具屍骸便讓一陣微光給包圍起來了。

她應該是在引導迷途的靈魂，防止屍體化為不死者吧。

如果平常就像這樣好好表現的話，她的信徒應該也會稍微變多才對。

話說回來，才剛下樓梯就突然看見屍體，害得我幹勁全消。

如果沒有阿克婭在的話，我肯定已經折返了吧。

「不過『呼哇——！』是怎樣，逞強說著要一個人進地城的人，居然『呼哇——！』是怎樣，噗哧哧！」

聽她這麼就說讓我下定決心，到了地城深處之後，我一定要暫時丟下她一個人不管。

……有東西過來了。

靠著感應敵人技能察覺到敵人靠近這邊的我，止住了動作。

或許是被我們的說話聲，或是阿克婭淨化屍體時的亮光給吸引過來的吧。

我看著阿克婭，指了敵人靠近的方向，再用拇指比了反方向，以手勢表示準備逃跑。

「幹嘛幹嘛？做那種奇怪的動作，是在對我用手指秀才藝嗎？幫我點個燈，我讓你見識見識我的手影戲。不是狐狸兔子那種簡單的東西喔，我秀個機動要塞毀滅者給你看！」

「不是啦！所以說毀滅者到底是什麼東西啊！我是用手勢表示敵人來了咱們往另外一邊逃啦！可惡，被發現了！喂，妳也來幫忙對付啊！」

我對於不禁大聲吐嘈的自己感到很沒用。

我在黑暗當中拔出劍，砍向那些發現了我們而攻過來的人形小怪物！

「……呼，這些傢伙是什麼啊。靠夜視可以看得出形狀，卻看不見顏色，所以實在無從得知他們的真面目。妳知道這些傢伙是什麼東西嗎？」

躺在腳邊的某種人形怪物的屍體。

阿克婭看著那些東西說：

「一種叫魔怪的下級惡魔。地城的魔力濃度比地上高，所以偶爾會出現弱小的惡魔。」

原來如此，公會的人告訴我的這個地城的怪物情報當中，確實有這個名稱的怪物。

……忽然，我察覺到一件事情。

「吶，我問妳喔。妳在黑暗當中也能看得很清楚嗎？」

對於我的疑問，阿克婭她……

「看得一清二楚啊，和白天沒什麼兩樣喔，怎麼了嗎？」

說得相當理所當然的樣子。

……………

「那我們一起睡在馬廄的時候，妳半夜有沒有看見什麼？」

「什麼都沒看見啊。因為只要聽見窸窸窣窣的聲音，我就會翻身面對另外一邊。」

「……非常感謝您，阿克婭大人。」

魔怪的血腥味也許會引來其他怪物。

於是我們悄悄地離開了那個地方。

4

今天的阿克婭不太一樣。

沒錯，今天的她不是平常那個山寨大祭司。

也不是宴會之神或欠債之神。

「在這個陰暗而冰冷的地城裡徘徊至今的迷途靈魂們啊，請安詳地沉睡吧。『Turn Undead』！」

散發出大範圍的光芒，淨化了迷途的亡魂們。現在的阿克婭，是個帶去哪裡都不會丟臉的完美女神。

——應該說，是我太小看地城了。

夜視和潛伏的搭配確實非常管用。

大部分的怪物應該都可以靠這招勉強應付。

但是，正如阿克婭所說，對於長期待在陰暗冰冷的地城當中受苦的不死者而言，活人看起來應該是格外耀眼吧。

從剛才開始，我們已經淨化了相當多不死者。

如果只有我一個人進來的話，現在應該正在被不死者們圍毆而束手無策吧。

原來地城是個會遇見這麼多不死怪物的地方，我都不知道。

我深深反省著自己想得太天真了。

結束了淨化之後，阿克婭一副大功告成的模樣，在黑暗當中喘了口氣。

「辛苦妳了。真是幫了我一個大忙啊，要是只有我一個人的話就慘了。」

我的這番慰勞，似乎讓阿克婭感到頗為受用。

「哎呀，你終於對我有正當的評價了啊。話說回來……寶物到底在哪裡啊？不過這裡是個已經被搜括殆盡的地城，我也不太抱持期待就是了。」

目前，我們已經走到了地城裡相當深入的地方。

說是深入，其實這個地城的結構也只有一層而已。

只是，最大的問題在於面積廣大。

在這片黑暗之中也能夠視如白晝的阿克婭，每轉一個彎就會拿粉筆在牆壁上做記號。

照理來說，所謂的地城探索，必須是提防陷阱、警戒怪物、燃起火把，並一邊畫著地圖，一邊戰戰兢兢地前進。

然而，在黑暗之中也能夠順利前進的我們，可以由帶頭的我來一邊搜索陷阱，一邊就不斷朝著內部前進。

既然確認了這個探索方法確實有用，其實就已經可以回頭了。只是，既然都來到這裡了，即使找不到什麼寶物，也想多少弄點值錢的東西。

我確認了前方的房間裡沒有敵人的氣息和陷阱之後，便安靜且慎重地走進房間裡。

看了看房間裡面……

「……嘖，沒什麼好東西啊。」

「吶，和真，用這種探索方法，又說著那種台詞，讓我覺得自己真的好像小偷耶。」

別說出來嘛，我也稍微有點這種感覺啊。

對於認真努力地一點一滴探索地城的冒險者同業們，我感到有點歉疚。

「……？和真，你看那邊。那裡好像有什麼東西。」

阿克婭好像在房間的角落找到什麼東西的樣子。

我和阿克婭一起走向房間的角落，在那裡的是……

「你看，寶物、是寶物啦，有寶箱耶！太棒了和真，這次地城探索有收穫了！」

阿克婭興沖沖地走向寶箱，我連忙制止了她。

「喂喂，等等。妳這傢伙，這個地城不知道多少人來探索過了，突然有個寶箱放在那邊，妳不覺得奇怪嗎？……嗯，感應敵人技能果然有反應。」

技能感應到的敵人反應，當然是來自眼前的寶箱。

原來如此，這就是經常聽說的擬寶箱嗎？

「啊啊……既然如此，那應該是地城擬態怪吧。雖然可惜，但這也是沒辦法的事情。」

說著，阿克婭隨手丟了某樣東西到寶箱附近去。

那是我剛才用過的消臭藥水空瓶。

畫出了拋物線，落到寶箱旁邊的空瓶……

在碰到地板的瞬間，周圍的牆壁和地板突然就動了起來，將空瓶和寶箱整個包覆住。

直到剛才為止，我們還以為是普通的地板和牆壁的部分，像是在咀嚼那個被包進去的空瓶似地，猶如生物一般不停蠕動著。

「哇！好噁！那是什麼！」

她剛才說這叫做地城擬態怪是吧。

「就是一種如其名的怪物。雖然無法走動，但是可以將身體的一部分擬態為寶箱或金錢，捕食走到他身上的生物。有時候他還會將身體的一部分擬態成人類，捕食那些會攻擊冒險者的怪物。」

連怪物都吃啊，也太惡劣了吧！

這麼說來，在公會的時候好像也有人叫我要留意地城擬態怪。

雖然說只要有感應敵人技能，便能輕鬆分辨出來就是……

不過，在地城當中，也有這種生存競爭存在的樣子呢。

想在這個世界混下去還真的很不容易。

5

「『Turn Undead』！」

阿克婭的魔法，讓殭屍的身體逐漸消失。

我們解決掉的不死怪物已經不計其數了。

幸好我是憑藉千里眼技能前進，只能看見類似紅外線熱像儀的影像。要是靠一般的方式點燈前進，在如此昏暗的環境當中，遇見這麼多殭屍的話，我早就哭著逃回去了吧。

到目前為止，我們所遇見的不死怪物，就是多到即使造成精神創傷也不足為奇的程度。

「……吶，再怎麼說也太奇怪了吧？不死怪物的數量未免也太多了。這樣的話，要是隊伍裡面沒有大祭司，根本就無法攻略吧？到頭來還是沒找到什麼比較起眼的寶物，差不多可以回去了吧。」

這裡是新進冒險者們用來練習的地城。

可是，我不認為新進冒險者有辦法對付這麼多不死怪物。

儘管不停施展魔法，阿克婭依然不顯疲倦。

再怎麼說好歹也是女神，果然厲害。

不過，即使有阿克婭在，我們也差不多該折返了。

「也好。雖然沒找到寶物，卻也淨化了很多不死怪物，就我個人來說已經很滿足了……不過等一下喔，我覺得這附近好像還有不死怪物的味道。」

雖然我的感應敵人技能沒有反應，但這麼看來，阿克婭今天的狀況確實很好。

我們已經來到地城的最深處了，而阿克婭走到通道底端的牆壁前，像是聞到木天蓼而興奮不已的貓咪似地，在附近嗅個不停。

感應陷阱和感應敵人的技能，依然毫無反應。

但是，既然狀況絕佳的阿克婭都這麼說了，前方或許真的有東西也說不定。

我和阿克婭開始動手摸索，調查通道底端的牆壁。

但過了十分鐘以上，卻還是找不到任何東西，我們正打算放棄，準備回頭。

就在這個時候，通道底端的牆壁，突然有一部分橫向旋轉，並打了開來。

我們什麼也沒做，是從牆壁的另外一端打開。

自那深處，傳來了一道低沉而模糊的嗓音。

「外頭是不是有祭司在啊？」

6

房間裡面只有一張小床和櫃子，以及桌椅而已。

那個人就坐在床邊的椅子上。

放在桌子上的，應該是一盞油燈吧。

「嗨，幸會幸會，午安。不，我不知道外面的時間，現在應該要說晚安了嗎？」

以我的技能，只能看得見對方的輪廓。

問過向我們打招呼的那個人之後，我以點火的魔法點亮了油燈。

黑暗中，在油燈的亮光照耀之下，我看清了對方。那是個身穿長袍、風帽拉得很低，包著一層乾皮的骷髏。

「我是基爾。就是建造這座地城、擄走貴族千金的那個壞魔法師。」

——很久以前，有個名為基爾的大法師，對偶然來到鎮上散步的貴族千金一見鍾情。

但是，基爾知道這種戀情不可能會有結果，便全心埋首於魔法的修練之中。

光陰似箭，曾幾何時，基爾成了人稱國內最優秀的大法師。

基爾毫不吝惜於使用自己所會的魔法，為國家多有貢獻。

最後，人們紛紛讚揚基爾，王城也為了讚賞他的功績而舉行了宴會。

國王說……我想回報你的功績。可以為你實現一個心願，任何事情都行。

基爾說了。

這個世上只有一個，無論如何我都無法實現的心願。

就是讓受到虐待的、我所愛的人，得到幸福——

「我這麼說完，就擄走了貴族千金。」

基爾自豪地這麼說。

「……也就是說，你不是什麼壞魔法師，而是一個好魔法師囉？那位貴族千金的父母為了討好國王，就將她送去當側室，卻不受國王寵愛，和正宮以及其他側室也都處不好。所以，知道那個女孩受到虐待時，你說著不想要的話就給我吧，便將她擄走了。」

聽我這麼說，基爾喀噠作響地動了動喉嚨部分的骨頭。

「就是這麼回事。然後，我向自己擄來的千金小姐求婚，她二話不說就答應我了。之後也就演變成，我一邊和大小姐展開愛的大逃亡，一邊和王國軍大戰……啊啊，當時還真是開心啊。對了，順帶一提，我擄走的那位大小姐，就是那邊那位。如何啊，她的鎖骨線條很美吧。」

我朝著基爾手指的地方望去，便看見那張小床上有具化為白骨的屍骸，整整齊齊地躺在上面。

……這是怎樣啊。

阿克婭在我身邊看著基爾，眼睛發亮。

她一定是非常想淨化基爾，想得不得了吧。

「事情就是這樣。然後，我想請那邊那位小姐幫我一個小忙。」

基爾對我們這麼說。

「幫忙？」

聽我如此反問，基爾點了點頭——

「能不能淨化我呢？她應該是足以辦得到這件事的祭司吧。」

7

阿克婭像是咀嚼著一字一句，詠唱著魔法。

原本是個偉大魔法師的男子，朝躺在床上的貴族千金骨骸伸出了手，放在她的手骨上。

據阿克婭說，這位千金小姐沒有留下任何一絲悔恨，已經安心成佛了。

所以照理來說，魔法陣的大小只需要足以淨化基爾就夠了，但阿克婭卯足了勁，擴大了淨化魔法陣。現在，魔法陣不但將千金小姐的骨骸也包含了進去，甚至已經大到足以占據整個房間了。

基爾在一邊保護著千金小姐一邊戰鬥時受了重傷，為了能夠繼續保護她，他放棄人類之身，而成了巫妖。

害我不小心覺得這個巫妖有點帥氣。

大概也是因為之前看過被阿克婭欺負的維茲（巫妖），相較之下才會覺得這個巫妖很帥吧。

成了側室之後，甚至無法輕易離開宅邸一步的千金小姐，經歷了與國家為敵、走遍整個世界的大逃亡，最後在這個地城裡嚥下了最後一口氣。

基爾說，在不方便的逃亡生活當中，她從來不曾抱怨，臉上總是掛著幸福的笑容。

我不知道有沒有讓大小姐得到幸福呢……基爾如此喃喃了之後。

「還真是幫了我一個大忙啊。不死者自殺這種非現實的事情，實在是辦不到啊。我原本想靜靜待在這裡等待自己腐朽殆盡，結果感受到一股非同小可的神聖力量，讓我不禁從漫長的睡眠當中醒了過來。」

在充斥著房間的柔和光芒籠罩之下，基爾這麼說著，喀噠作響地笑了。

阿克婭結束了漫長的詠唱。

然後，她帶著我至今從來沒見過的溫柔表情，對基爾露出了笑容。

……這到底是誰啊。

正當我懷疑自己的眼睛時，阿克婭以溫柔的聲音對基爾說：

「背棄天意，自願變成巫妖的大法師，基爾。我以水之女神阿克婭之名，赦免你的罪……當你再次睜開眼睛時，眼前應該會有個胸部呈現出不自然的隆起，名為艾莉絲的女神才對。如果你不介意年齡的差距，即使不是男女關係也無所謂，無論是以任何形式都願意的話……就向她祈願，讓你再見那位千金小姐一面吧。她一定會實現你的心願。」

我說真的，這到底是誰啊。

就在我因為阿克婭完全判若兩人的表現而不知所措時，基爾在充斥著光芒的房間當中，向阿克婭深深一鞠躬。

「『Sacred Turn Undead』！」

——光芒散去，再次變回一片漆黑的房間當中。

那個巫妖已然消失，而且不知為何，千金小姐的骨骸也不復存在。

我和阿克婭在難以言喻的氣氛當中，陷入一陣沉默。

終於，我平靜地對阿克婭開了口：

「……回去吧。」

8

回到地上的途中。在黑暗之中，我絲毫不在乎被怪物發現的可能性，不斷跟一言不發的阿克婭說話。

「妳覺得，那個不死者可以再見到那位千金小姐一面嗎？」

「……天曉得。不過，艾莉絲應該會設法幫他的忙才對。」

對於阿克婭如此冷淡的回答，我輕聲回了句「這樣啊」。

接著，我試著改變話題，以最爽朗的聲音說：

「話說回來，那個巫妖還真是個好人呢。說什麼因為自己已經用不到了，就把放在櫃子裡的財產給了我們。雖然不知道價值有多少，我們回到鎮上之後再平分吧。」

聽我這麼說，阿克婭的肩頭抖了一下。

「……是啊。我們得代替他們，好好運用這些財物才行。」

她的聲音變得比剛才大了些，也多了幾分精神。

…………

為了打破這種沉悶的氣氛，有件事我本來想回到地上等阿克婭打起精神之後再問，不過我決定現在就在這裡問了。

「吶，阿克婭。那個傢伙剛才不是說了嗎？」

「……什麼？」

我向依然有些消沉的阿克婭問道：

「……那個人說，自己是因為感覺到一股非同小可的神聖力量而醒過來。所以啊，我們在這個地城裡這麼容易遇見不死怪物，該不會是因為有妳在吧？」

「！」

聽了我的質疑，阿克婭抖了一下，原地站住。

然後，她好不容易才擠出聲音來：

「怎、怎怎怎、怎麼會呢——才沒有這回事呢……應該啦……」

然後做出如此曖昧不明的回答。

「…………這麼說來，之前無頭騎士攻過來的時候，無頭騎士帶來的那些不死騎士，也都特別愛聚集到妳身邊去啊。」

「！」

見阿克婭又抖了一下，我默不作聲，一點一點拉開了和她之間的距離。

見我這樣的動作，阿克婭一步一步拉近了我們之間的距離。

「和真，你為什麼要離我那麼遠啊？為了隨時因應怪物的襲擊，我們應該靠得近一點才對吧。而、而且！你要搞清楚，我用粉筆做的記號，憑和真那種貧乏的夜視力看得到嗎？」

聽阿克婭這麼說，我瞬間露出不甘心的表情。

或許是認為機不可失，阿克婭連珠炮似地繼續追擊。

「呵呵，沒錯！想把我一個人留在這裡可沒那麼容易！沒錯，在這種狀況下我們的立場算是平起平坐……不對，只有我知道回程的路線，又能夠打倒不死怪物，沒有我的話，和真根本沒辦法一個人回去！現在的狀況不如應該說是我比較有利吧！聽懂了的話，今後你就要敬我為女神，稱呼我為阿克婭大人，將我今天的華麗表現告訴鎮上的每一個人……！」

就在阿克婭大聲喧嘩的時候。

地城的黑暗當中，遠遠傳來某種生物的吼叫聲。

大概是因為阿克婭得意忘形地一直嚷嚷，讓敵人察覺到她的聲音了吧。

我以感應敵人技能確認了一下，發現有東西正筆直地朝我們這邊而來。

「…………」

我無語地緊貼著牆壁，以潛伏技能融入了黑暗之中。

「喂，和真！等等啦！吶，你幹嘛一個人用了潛伏？對不起，真的非常抱歉，是我不對！我承認我錯了，所以也對我使用潛伏技能嘛！對不起啦，和真！吶，和真大人——！」

9

「……我大概猜想得到會變成這樣，不過可以問一下是發生了什麼事嗎？」

在小木屋等我們的惠惠，劈頭就這麼問。

「嗚、嗚啊啊啊啊啊啊啊！和真啦——！和真他——！」

我一邊安慰著在我身後哭泣的阿克婭，輕撫著她的頭說：

「不要只會怪別人好嗎，還不是妳那種吸引不死怪物的體質害的！害我就連回程也累得要死！把我一開始對妳的高評價還來！」

「可是可是，我天生就是如此神聖、充滿生命力，這我也沒辦法啊！還是怎樣？和真是要我把這身神聖的氣焰降低到你那種繭居尼特的水平嗎！要是我這麼做的話，分散在世界各地的那些虔誠的阿克西斯教徒們，不知道會有多麼感嘆痛心……！」

「這個傢伙完全沒在反省！妳給我再進去地城一趟，去找剛才的巫妖和千金小姐的指甲垢回來！然後稍微學習一下他們兩位，分一點他們的純真吧！」

「你這個繭居尼特，居然要女神向巫妖學習！」

我拉開試圖掐我脖子的阿克婭。

「……巫妖和千金小姐？」

而達克妮絲歪著頭，這麼問我。

我一面抵擋哭著對我動手動腳的阿克婭，一面為達克妮絲她們大致說明發生了什麼事。

「據阿克婭說，那位千金小姐對現世毫無留戀，完全成佛了。不過，那位千金小姐對於辛苦的逃亡生活不知道做何感想。那個巫妖說了，自己不知道有沒有讓大小姐得到幸福。那位千金小姐在他身邊，不知道幸不幸福啊？」

我不經意地這麼說。

「……很幸福吧，她一定很幸福。我可以斷言，對於那位千金小姐來說，逃亡生活肯定是人生當中最開心的一段日子。」

達克妮絲做出如此耐人尋味的發言，面露了稍微有些落寞的笑容。

第三章

向幽靈少女伸出愛之手！

1

我帶著阿克婭，前往某個地方。

為了在有賺頭的任務張貼出來時就立刻確保，我請達克妮絲在公會待機。

至於惠惠，她一大早就不知道跑去哪裡了。

那個傢伙偶爾會像這樣消失，不知道都在做些什麼。

——我們的小隊非常不均衡。

總之，一切都太偏頗了。

阿克婭身為祭司或許還算優秀，但隊上的主坦達克妮絲的防禦力太過於強大，恢復魔法幾乎派不上用場。

惠惠在瞬間最強火力方面遠遠超越其他法師，但最大的問題就是只能使用一次。

當前我們最需要的，就是安定的火力。

如此一來，唯一的辦法就是由我學習技能來彌補，但即使我想持劍戰鬥，身為最弱職業的冒險者，能力還是有限。

所以，我想要更適合當作主力武器的技能。

因此，之前在探索地城時不知不覺間又升了等級的我，來到某間店的門前。

「好，到了。聽好了，阿克婭。趁現在先跟妳說好，妳可千萬不能亂來、不能打架、不能使用魔法。聽懂沒？」

這裡是一間專賣魔法道具的小型魔道具店。

看著那間店面，阿克婭聽我這麼說，微微歪了頭。

「等等，我沒事怎麼可能那麼做啊。我之前就很想跟和真抗議了，你到底把我當成什麼了啊？我可不是流氓或小混混喔。我是女神耶，是神明耶。」

我帶著在身後滿嘴怨言的阿克婭，打開店門走了進去。

掛在門上的鈴鐺「匡啷」地發出清亮的聲音，告知著店老闆我們走了進來。

「觀迎光……啊啊！」

「啊啊啊！出現了妳這個混帳不死怪物！妳居然在這種地方開店？身為女神的我在馬廄裡過夜，而妳卻是一家店面的經營者？身為巫妖居然敢這麼囂張！看我以神之名燒掉這間店、好痛！」

一走進店裡，阿克婭立刻忘記我的吩咐開始亂來，所以我以匕首的握柄輕敲了她的頭。

阿克婭就這樣摀著後腦杓蹲了下去，而我沒去搭理她，並向害怕的店老闆打招呼。

「嗨，維茲，好久不見了。就像我們說好的，我來了。」

2

「哼……這間店連杯茶都不端給客人喝啊？」

「啊，不、不好意思！我立刻端茶出來！」

「不用端茶來啦！有哪間魔道具店是會端茶請客人喝的啦！」

面對阿克婭陰險的作弄，維茲原本還打算乖乖照辦，我只好阻止她。

第一次走進魔道具店的我，在店裡逛來逛去，隨手就拿起了手邊的東西。

是個小藥水瓶。

「啊，那個施加強烈衝擊的話就會爆炸，請小心喔。」

「呃，真的假的。」

我連忙把瓶子放了回去。

接著，我又順手拿起旁邊的瓶子……

「啊，那個只要一打開就會爆炸……」

我輕輕地把瓶子放了回去，然後又拿起了再更旁邊的瓶子。

「這個呢？」

「碰到水就會爆炸。」

「……這、這個呢？」

「加熱就會爆炸……」

…………

「這間店只有擺炸藥是吧！」

「不不不、不是啦！只是那個架子上擺的剛好都是爆炸系列而已！」

等等，我離題了。

我來這裡並不是因為想要魔法道具。

放著擅自泡了茶並一口口喝了起來的阿克婭不管，我直接切入正題。

「維茲，妳之前不是說過，願意教我巫妖的技能嗎？我現在多了些技能點數，可不可以請妳教我幾招？」

「噗！」

「呀啊啊啊啊！」

我這番話讓阿克婭噴出了嘴裡的茶，並全都灑在維茲身上了。

「等一下，你在想什麼啊和真！巫妖的技能？你想學巫妖的技能？之前跟這個女人拿名片時，我還想說你們到底在談些什麼呢！巫妖會的全都不是什麼正派的技能！聽好了，巫妖這種東西呢，最喜歡陰暗而潮濕的地方了，說起來和蛞蝓的親戚差不了多少。」

「太、太惡毒了！」

阿克婭說過頭的強詞奪理，害得維茲都快哭出來了。

「不，就算是蛞蝓的親戚還是堂兄表弟之類的都無所謂啦。巫妖的技能一般來說根本學不到吧？我只是想說，如果可以學到這種技能，應該會是相當不錯的戰力才對。以現在的成員來說，要是碰上一大群比較強的敵人，根本就無從應對，這妳應該也明白吧？」

「嗯……可是身為女神，自己的隨從想學巫妖的技能，我實在無法坐視不管……」

聽我這麼說，阿克婭儘管嘴裡唸唸有詞，但還是勉為其難地退讓了。

而聽見阿克婭的碎唸，維茲顯得一臉不安，戰戰兢兢地問：

「『身為女神』……？請問，之前之所以能夠以『Turn Undead』就那麼輕而易舉地差點消除掉我……難不成，是因為她真的是女神嗎？」

啊，慘了。

到了巫妖這種程度，果然還是看得出阿克婭是真正的女神是吧。

對於阿克婭是女神這件事，我倒是至今還有點懷疑就是了。

「是啊。我看妳應該不會到處張揚，就先告訴妳好了。我是阿克婭。沒錯，就是阿克西斯教團所祭拜的女神，阿克婭。妳這巫妖還不退下！」

「噫——！」

維茲露出至今最止為懼怕的表情，躲到我身後去。

對於巫妖而言，看見神明果然就像遇見天敵一樣吧。

「喂，維茲，不用那麼害怕啦。我知道不死者和女神之間的關係，就像水跟油那般，但也不用這樣吧。」

我試圖安撫維茲，但她說：

「不、不是啦……因為阿克西斯教團的信眾，多半都是些腦袋有問題的人，別跟他們扯上關係比較好，這已經是社會上的一般常識了。所以，一聽到她是阿克西斯教團所信奉的女神，我就……」

「妳說什麼！」

「對對對對、對不起！」

「事……事情根本談不下去……」

我拉開激動的阿克婭，叫她在店裡逛逛、看看商品。而阿克婭也老老實實地在店裡晃來晃去，東看西看，隨手拿起一旁的藥水，聞聞裡面的東西是什麼味道之類。

這時，恢復平靜的維茲一邊在意著這樣的阿克婭，一邊說：

「這麼說來，我最近才得知了一件事。和真先生，你們打倒了那位貝爾迪亞先生啊？他在幹部當中，也算是劍術相當厲害的一位，可見各位相當厲害呢。」

說著，她對我露出沉穩的笑容……

……奇怪？

「妳說『那位』貝爾迪亞先生，聽起來好像妳認識貝爾迪亞似地。啊，是不是同為不死者，所以會互通有無之類？」

對於我的疑問，維茲非常輕描淡寫地，像是在閒話家常似地說：

「啊啊，我沒提過嗎？因為，我是魔王軍的幹部之一啊。」

並掛著微笑。

…………………

「抓起來——！」

原本還在展示架之間徘徊的阿克婭，這就朝維茲撲了過去！

「等一下——！阿克婭大人，求求妳，請先聽我說！」

被壓制住的維茲，被阿克婭壓著並發出了慘叫。

阿克婭則是一副大功告成了的樣子，擦了擦額頭上的汗。

「成功了，和真！這樣債款就可以還清啦！不僅如此，甚至還會有剩！別說是住旅店了，想買一棟房子都可以啊！」

她興高采烈地這麼說。

看著被逮住的維茲，我蹲下去說：

「喂，阿克婭，姑且先聽她解釋吧……那個，妳說妳是幹部是怎麼回事？如果妳是魔王軍的間諜，身為冒險者，我們再怎樣也不能放過妳就是……」

聽我這麼說，維茲哭喪著臉拚命辯解：

「不是這樣！我只是受魔王軍之託，維持那個保護魔王城的結界而已！當然，我至今也從來未曾危害過人類，說是幹部，那也只是名義上而已！再說了，我根本也沒有被懸賞，所以就算打倒我也拿不到獎金啊！」

聽維茲這麼說，我和阿克婭互看了一眼。

「……我還是搞不太懂，不過保險起見，還是先解決掉妳吧。」

「請等一下啊，阿克婭大人——！」

被阿克婭壓制住的維茲如此大喊。

我伸手制止了開始詠唱魔法的阿克婭，說道：

「所以是怎樣？換句話說，就像是電玩裡面經常出現的那種狀況，打倒所有幹部之後，通往魔王城的通路就會開啟之類？然後維茲負責的，就只是維持那個什麼結界的工作？」

「我不知道電玩是什麼，不過就是這樣！是魔王大人來拜託我，說我可以繼續待在人類居住的地方並經營店鋪、過著悠閒的生活，只是想請我以幹部的身分維持結界而已！還說人類一定沒想到魔王軍的幹部會在城鎮當中開店，所以我只要不被人類打倒，這樣就已經是幫了他們大忙了！」

「也就是說，只要妳還活著，人類就無法攻進魔王城，對我們也是一個很大的困擾囉。和真，還是解決掉她吧。」

聽阿克婭這麼說，維茲哭了出來。

「等一下！請等一下，如果是只剩下兩三名幹部在維持的結界，憑阿克婭大人的力量應該是能夠打破才對！魔王軍的幹部原本有八位，就算現在打倒我，還有六位幹部在維持的話，即使是阿克婭大人也無法突破結界的啊。想要進攻魔王城的話，就算淨化了我，無論如何還是得打倒好幾位幹部！等到幹部的人數減少到阿克婭大人能夠破持結界為止，至少讓我活到那個時候吧……！我還有很多非做不可的事情……」

看著被壓制住的維茲哭著這麼說，就連阿克婭的表情也變得相當微妙。

她維持原狀，偷瞄了我幾眼……這是叫我決定就對了。

「這個嘛，應該沒差吧。無論如何，就算現在淨化了維茲，還是沒辦法對那個結界怎樣，對吧。而且，原本必須打倒所有幹部才能夠解除結界，但只要有阿克婭在，即使不用打倒全部也可以破解結界吧。既然如此，我們還是先沉住氣，等到有人打倒維茲以外的幹部比較好。」

應該說，無論是魔王還是幹部，我實在都不覺得像我們這種不成熟的小隊能夠對付得了。說到頭來，我也不打算插手管那麼危險的事情。

即使我不去管這些事情，那些得到優越待遇的傢伙，像是擁有魔劍的劍術大師御劍之類的人，自然會去打倒幾個魔王軍幹部吧。

但是，只要維茲還活著，至少結界就不會遭到破解，他們也無法先打倒魔王。

如果我想回到地球去的話，就必須由我們親自打倒魔王才行。

既然如此，在我們強到足以打倒魔王之前，還是維持現狀比較好。

不知道我心裡是在打著這種如意算盤的維茲，聽見我這番話，表情一亮。

「不過這樣好嗎？那些幹部好歹也是維茲認識的人吧？對於打倒貝爾迪亞的我們，妳不會懷恨在心嗎？」

對於我的疑問，維茲稍微煩惱了一下。

「……我和貝爾迪亞先生的交情也不是特別好……他經常在我走路的時候，將自己的頭顱滾過來，試圖偷看我的裙底風光。幹部當中只有一位和我算是有交情，而那位幹部……也不是三兩下就會死掉的人。而且……」

這麼說著。

「我到現在還是認為，自己至少還保有顆人類的心呢。」

維茲有點落寞地笑了。

3

「那、那麼，接下來我會施展一連串我的技能，請選擇自己喜歡的來學吧。這算是我的一點心意，報答之前放過我的恩情……」

說著，維茲像是驚覺到什麼似地，來回看著我和阿克婭，並顯得有點不知所措。

「怎麼了？」

我這麼問，維茲便害怕地看著阿克婭說：

「我的技能全都是必須要有個目標才能使用，也就是說……必須在某個人身上試用技能才行……」

原來如此，是這麼回事啊。

「喂，阿克婭。不好意思，可以麻煩妳嗎？」

「喔——？不死怪物想對我用什麼技能呢？」

阿克婭嚇唬著維茲，讓她害怕地縮了一下。

「這、這個嘛……『Drain Touch』如何呢？啊啊，當、當然只會吸一點點而已！既然只是要學技能的話，只要有一點效果應該就可以學了！」

維茲慌張地越說越快，阿克婭則是揚起嘴角，對她露出凶惡的笑容。

原則上這兩個人，一個是高級不死怪物巫妖，一個是女神。

但是看著她們兩個現在的表現，還真不知道哪邊是巫妖，哪邊才是女神了。

「可以啊。我無所謂，妳愛怎麼吸就怎麼吸。來啊，動手吧。」

阿克婭伸出了自己的手。

維茲則是戰戰兢兢地握住了她的手……

「那、那麼，請恕我冒犯…………………？奇怪？奇、奇怪？」

我看不出來到底發生了什麼事，但似乎發生了某種出乎維茲意料的事情。

「快啊快啊，怎麼啦？妳不是想吸我的體力或是魔力嗎？哎呀呀，妳不是不死怪物的大頭目嗎，怎麼連吸取力量都辦不到啊？」

「奇、奇怪————？」

看來似乎是阿克婭在抵抗維茲的技能，不讓她吸取。

——我默不作聲地一掌拍在阿克婭的後腦杓上。

「好痛！和真，你幹嘛妨礙我啊！這是女神對抗巫妖之戰！我再怎麼說也是個女神，可不能隨隨便便讓她吸啊！」

「不，這樣事情根本就不會有進展，妳就讓她吸吧……不好意思，維茲。這個傢伙有點職業病，好像不太能夠接受不死者啊。」

我代替阿克婭道歉，維茲一副不敢當的樣子，頻頻搖頭。

「沒、沒關係！是、是我不好，誰教我是巫妖……」

於是我們重來一次，請維茲展現她的技能給我看。

「那、那麼，請恕我冒犯……」

維茲握住阿克婭的手，再次施展了「Drain Touch」。

「Drain Touch」似乎是不死怪物特有的技能，能夠吸取目標對象的體力或是魔力。

然後，這招也可以將自己的體力或魔力分給目標對象。

有了這招的話，只要運用得當，或許能夠彌補我們的小隊火力不足的問題。

看過維茲的技能之後，我確認了自己的冒險者卡片。

上面確實出現了一個名稱叫作「Drain Touch」的技能。

我毫不猶豫地消耗了技能點數，學了這項技能。

「那、那個，阿克婭大人？已經可以了，可以放開手了……應該說，我觸碰阿克婭大人的這隻手不知怎地有點刺痛，希望可以放開……」

「…………」

聽維茲這麼說，我仔細一看，發現阿克婭不但以左手緊緊握住維茲的右手，還把自己的右手也放了上去，包覆住了那隻手。

「阿、阿克婭大人？不好意思，我覺得手越來越燙了……應該說，會痛！那個、好痛！阿克婭大人，那個，我的身體好像遭到淨化，像是正在汽化似地消失中。那個，阿克婭大人、消失了消失了，我會消失啦！」

「妳是趁亂在耍什麼花招啊。」

「好痛！」

知道阿克婭握著維茲的手在捉弄她，我又打了阿克婭的頭。

總覺得維茲的存在好像變淡了一些，不知道是不是我多心了。

——就在這個時候。

「不好意思，請問維茲小姐在嗎？」

一面這麼說，一面「匡啷」作響地推開店門走進來的，是一名中年男子。

4

「「「惡靈？」」」

似乎是這麼回事。

來找維茲的這個人，好像是從事房屋仲介。

最近，不知為何，經常有各式各樣的惡靈住進這個城鎮的空屋裡。

男子也找冒險者公會商量過了，但公會表示他們也是第一次碰上這種狀況，不知道該如何處理。

畢竟，即使派人出討伐任務解決了惡靈，又立刻會有新的惡靈住進去。

「無論怎麼驅除惡靈，都會不斷冒出新的惡靈住進去。所以現在光是幫物件除靈就忙得天翻地覆，更別說是銷售物件了。」

男子一臉疲憊地嘆了口氣。

那麼，他為什麼會來找維茲商量這件事呢？

或許是我把這樣的疑問寫在臉上了吧，男子對我說：

「維茲小姐在開店之前是個名聲響亮的魔法師喔。商店街的人碰上什麼麻煩，都會來找維茲小姐商量。尤其是和不死怪物有關的問題，維茲小姐可以說是專家，所以我才會跑來找她商量。」

原來如此，畢竟巫妖號稱不死者之王嘛。

這個人應該不知道維茲的真實身分，不過關於這個問題，維茲確實是最適任的人選吧。

但是，男子看著維茲一臉傷腦筋地說：

「不過……總覺得，維茲小姐今天好像身體不太舒服的樣子。平常她的臉色就已經很蒼白了，今天更是特別嚴重。該怎麼說呢……感覺好像隨時都會消失似地……」

「…………」

我不發一語地看向剛才試圖淨化維茲的阿克婭，她立刻別開視線，一直騷動著，一副很不自在的樣子。

維茲硬是撐起笑容，並拍了拍自己的胸膛。

「放心吧，包在我身上。只要設法處置鎮上的惡靈們就可以了吧？」

「啊啊，不是這樣的！這次不是想請妳清除所有空屋中的惡靈……其實，我想請妳處理的是那間豪宅……」

「喔喔，那裡啊。原來如此……」

聽男子這麼說，維茲立刻聽懂了，並點了點頭……那間豪宅？

「那麼，就交給我吧。只要設法處置闖進那間豪宅的惡靈就可以了吧？」

說著，維茲站了起來，不一會兒像是虛脫了似地晃了一下。

「啊啊！維、維茲小姐，妳不舒服的話就請不要勉強了，沒關係！」

男子連忙扶住維茲，而阿克婭像是看不下去維茲這副模樣，把視線別得更遠了。

我把臉湊了過去，什麼話也不說，一直盯著阿克婭看。

「…………我、我去、好了……」

終於承受不了的阿克婭，輕聲地這麼說。

5

「……就是這間豪宅啊。」

位於郊外的一幢豪宅。

據男子所說，以豪宅而言，這間房子的房間數並不算多，但看起來也已經很可觀了。

比日本的獨棟房屋大上好幾倍的那間豪宅，似乎是某位貴族的別墅。

不過，那位貴族決定賣掉這間別墅的樣子。

於是就在這間豪宅進入房市的時候，碰上了這次的惡靈騷動。

「不錯嘛！很好很好，相當不錯！非常適合我住！」

阿克婭拿著一個小包包興奮地大叫，同樣拿著包包的惠惠，臉上也隱約泛紅。

住進這間豪宅。

阿克婭這麼說，並不是在胡言亂語。

因為這間豪宅很大，聚集的惡靈也就跟著變多，所以，現在大家對於這裡已經有了認定就是鬼屋的刻板印象。

於是，這次除靈完成之後，我們可以得到的報酬，就是在這裡住到負面評價消失為止。

也就是說，只要完成了這次委託，就不需要為過冬籌措資金了。

如此的天賜良機，讓我非常感謝自己的好運。

「不過，我們真的有辦法除靈嗎？聽說，現在在這個城鎮，無論怎麼驅除，都會立刻有別的惡靈出現。」

背著一個大行李的達克妮絲這麼說。

沒錯。除靈最好的方法，原本應該是找出惡靈湧現的原因，並加以排除。

但是，我們接到的委託是為豪宅除靈。

順便打點如意算盤的話，除靈拖得越久，我們可以住在這間豪宅裡的時間就越長。

「不過，這間豪宅感覺已經很久沒有人住了耶。惡靈騷動是最近才開始的吧？搞不好，在鎮上這次惡靈騷動發生之前就有問題了。說不定是凶宅……」

惠惠做出如此令人不安的發言。

「無、無論如何。即使這是凶宅，我們也有阿克婭在。對吧？我們不需要擔心對吧，對付不死怪物的專家。」

我自己也越說越覺得不安，但說到大祭司的能力，這個傢伙應該沒什麼問題才對。

……應該吧。

「包在我身上！……喔、喔。我看見了，我看見了！根據我的靈視，這間豪宅之前是用來軟禁一個貴族的私生子，是那個貴族因為一時興起而侵犯了女僕所生下的小孩！終於，原本身體就很虛弱的貴族病死，生下私生子的女僕也失蹤了。獨自被留在這間豪宅裡的少女，最後年紀輕輕就因為和父親一樣的病因而倒下，沒見過雙親的長相就一個人孤單地死去！她的名字叫做安娜・菲蘭提・艾斯特羅，喜歡的東西是布偶和洋娃娃，還有冒險者們的冒險故事！不過你們放心，這個靈並不壞，她應該不會危害我們才對！等等，她雖然是個小孩，卻有點喜歡裝大人，喝些口味比較甜的酒。所以了，準備酒來祭拜她吧，和真！」

阿克婭像這樣口若懸河地說著類似電視上那些冒牌靈學老師會說的話，於是我以看賊頭賊腦的騙子的眼神望向她，同時問了達克妮絲和惠惠：

「……吶，妳們覺得呢？我是很想吐嘈她那些不必要的設定，還有怎麼連名字都知道就是了……那個傢伙真的沒問題嗎？我是不是答應得太隨便了啊？」

「「…………………」」

不知道是不是因為也抱持著和我一樣的不安，她們兩個人都沒有回答我的問題。

6

過了午夜。

我們全都把鎧甲等等的裝備脫了，在豪宅裡休息。

我們已經分配好各自的房間，也將行李之類的東西都搬進房間裡了。

就我個人來說，是抱持著淡淡的期望，希望阿克婭今天住進這間豪宅之後，惡靈之類的存在都會自動離開。

又或者是，基於阿克婭容易吸引不死怪物的體質，那些東西應該全都會聚集到阿克婭的房間去吧。

別看阿克婭那個樣子，她好歹也是大祭司兼女神。

自己的家裡有惡靈在胡搞瞎搞，她可不會坐視不管。

所以我還算放心，在二樓最大的房間，也就是我占為己用的房間裡休息。

「啊啊啊啊啊啊啊！哇啊啊啊啊——！」

直到我聽見最值得依靠的阿克婭如此大哭為止。

「怎麼了！喂，阿克婭，發生什麼事了！妳還好嗎？」

我連忙衝到阿克婭的房間前，接著狂敲她的房門。

因為她沒有回應，我認為應該是屬嚴重事態，於是用力地打開門。

而我看見的……

「嗚……嗚嗚……和、和真──────！」

是在房間中央，小心翼翼地抱著一個空酒瓶，哭個不停的阿克婭。

……喂。

「呃，發生什麼事了？應該說，妳沒事幹嘛抱著酒瓶啊？要是妳敢說只是因為喝醉了才胡亂尖叫，我可是會用『Create Water』潑妳水，好讓妳清醒清醒喔。」

「不、不是啦！這個空酒瓶不是我喝光的啊！這是我珍藏的好酒，非常昂貴喔。我原本還很期待，打算洗好澡之後再一點一點慢慢品嚐！結果當我回到房間之後，就如你所見的變得空空如也啦──────！」

該睡了。

「這樣啊，那晚安囉，明天見。」

「啊啊！等一下啦和真！這是惡靈！是惡靈搞的鬼！不然就是聚集到這間豪宅來的流浪幽靈，或是依附在這間豪宅裡的那個貴族私生子的地縛靈！肯定是這當中的其一──！我在屋子裡巡一下，看見一個靈體就教訓一個！」

聽她提到這個世界有流浪幽靈這種東西，是讓我有點好奇，但如果她願意主動去除靈的話，倒是沒什麼必要阻止她就是。

「……怎麼了，你們到底在吵什麼啊？」

「現在已經很晚了，可以不要這樣嗎。到底發生了什麼事啊？」

大概是因為聽到剛才阿克婭的尖叫聲，達克妮斯和惠惠也來了。

「這個傢伙嚷嚷著說，她最寶貝的一支酒被惡靈喝掉了，說要去除靈。話說回來為什麼惡靈有辦法喝酒之類，有很多地方都讓我很想吐嘈，不過太麻煩了，我先睡了，之後就交給妳們囉。」

準備回房間的我聽見阿克婭在背後的怒罵聲，但這種事情一點也不重要。

如果這個惡靈會做的壞事只有喝掉人家珍藏的酒這種程度的話，那就算放著不管，應該也不成問題吧。

7

不知道睡了多久。忽然，我在半夜醒了過來。

豪宅裡一片寂靜，時間應該早就過午夜了吧。

——我想上廁所。

當我準備從自己睡的床上起身時……

……但我卻發現自己的身體動彈不得。

這是怎樣……鬼壓床？

我試圖喊叫，卻只能發出幾個悶聲，就連想向阿克婭求救也沒辦法。

在這樣的狀況下，我察覺到了一件非常嚴重的事情。

沒錯，我的尿意已經瀕臨危機了。

不行，撐住啊，我已經是大人了！

可以失禁的大人，只有特殊的店裡面的人和老爺爺而已！

正當我在無法動彈的狀況下咬緊牙關忍耐時，聽見了從房間的角落傳出的一道聲響。

——叩咚。

在一片寂靜的豪宅裡，那個聲音顯得特別響亮。

聽著那個聲音，無法動彈的我將視線移向房間的角落。

在房間角落的黑影當中……

有個不知道到底打從哪裡來的，小小的西洋人偶在那裡。

「…………！」

我無意間吞了口口水。

冷汗流個不停。

是怎樣，那種地方怎麼會有個人偶呢？

我不記得自己有放過那種東西，會不會是阿克婭趁我在睡覺的時候，為了嚇我而偷偷放在那邊的啊。

嗯，沒錯，一定是這樣。

那個沒用女神，天亮之後我一定要讓她好看。

我擅自認定是阿克婭的錯，接著便直接緊閉雙眼，逃避現實。

——叩咚。

但無論我再怎麼討厭，那個聲音還是照樣在房間裡響起，讓閉著眼睛的我冷汗直流。

嗯，話也不能這麼說。不管什麼事情都怪到阿克婭身上的話，那她也太可憐了。

沒錯，再怎麼說那個傢伙平常還是很努力，偶爾應該對她好一點。

——叩咚。

畢竟她是女神嘛，嗯。

沒錯，這間豪宅裡有女神在。

惡靈？那算什麼，只要阿克婭小姐一出馬，呼口氣就可以把那種東西吹跑了吧，畢竟我們家的阿克婭，可是連巫妖都能夠淨化的女神呢。

叩咚。

叩咚。

叩咚——！

啊啊，天亮之後我要為之前的所有事情向阿克婭道歉，我對待女神大人的方式確實太過粗暴了。嗯，就是這樣，我在反省了，我在誠心反省了。

——叩咚叩咚叩咚叩咚、喀噠喀噠喀噠喀噠！

啊啊啊啊啊啊啊啊啊我真的會為之前發生過的所有事情道歉！

我真的會道歉，所以阿克婭大人，請救救我啊！

…………不知道是不是我的懺悔和祈禱奏效，從房間角落傳來的聲音停止了。

太好了，果然沒有惡靈存在。

我稍微放心了。

與此同時，我的心中湧現出某種欲求。

——好想睜開眼睛。

好想睜開眼睛，確認一下剛才那個人偶怎麼了。

但是，我的直覺對我低語，全力地阻止我。

怎麼辦，我真的很好奇，可是睜開眼睛好可怕，但維持現狀更可怕！

我幾經煩惱了好一陣子，最後想起，若是維持現狀的話我連廁所都去不了。

我下定決心，將眼睛打開了一條縫隙………

發現西洋人偶就在眼前看著我，和我四目對望。

「啥啊啊啊啊啊啊啊啊啊啊啊啊啊啊啊啊啊啊啊啊啊啊啊啊！」

我聲嘶力竭地大吼，差點沒把靈魂也吼叫出來，隨即身體也變得能夠動彈，我便將眼前的人偶揮開！

8

「阿克婭——！阿克婭大人————！」

我赤腳在走廊上狂奔，一路跑向阿克婭的房間。

同時聽見有東西追著我的聲音從背後傳來。

好可怕好可怕，超可怕！這是怎樣，事情為什麼會變成這樣！

——喀噠！喀噠噠噠噠噠、叩咚叩咚叩咚叩咚！

聽著背後那個討厭的聲音，我來到阿克婭的房門前，也沒敲門就直接衝了進去。

然後我連忙關上門，並且直接上鎖。

隔了一拍，我聽見有東西撞上門的聲音。

我背對著門，並聽著門外的那個聲音，同時看著房間內部。

阿克婭並不在房裡。

只有一個雙眼閃著紅光的黑髮少女，在黑暗中坐在房間中央。

「哇啊啊啊啊啊啊啊啊！」

「呀啊啊啊啊啊啊啊啊啊！」

我不禁放聲慘叫，於是眼前的黑髮少女也跟著尖叫。

覺得那聲音好像有點熟悉，我仔細一看，才發現那是身穿睡衣的惠惠。

我和惠惠各自叫完之後，稍微恢復了冷靜。

門外依然響著有東西在撞門的聲音。

至於在撞門的是什麼東西我可不願去想，那太可怕了。

「別、別嚇我啦惠惠，害我差點嚇到失禁。」

「那才是我想對你說的話呢！為什麼和真會衝進這個房間來啊？害我還以為是不是阿克婭回來了……！」

聽惠惠這麼說，我才赫然回神。

「這麼說來，為什麼惠惠會在阿克婭的房間裡啊？不對，阿克婭上哪去了？」

聽我這麼問，惠惠支支吾吾地說：

「嗚……不、這個嘛……因為、就是、有人偶、到處跑來跑去……」

啊啊，惠惠也碰上了和我一樣的遭遇了是吧。

「所以啊…………我就……來找阿克婭，請她保護我的人身安全…………還有……一起去廁所……」

「……妳也是啊……」

聽了我的發言，惠惠似乎也察覺了我碰上同樣的狀況。

「和真也被人偶追了啊。我想，阿克婭大概是和達克妮絲一起在這間豪宅裡除靈吧。」

「……阿克婭就算了，達克妮絲她……對喔，這麼說來那傢伙好歹也是個十字騎士。」

看達克妮絲的表現或許不太能夠聯想，但所謂的十字騎士，原本是侍奉神的聖騎士，是虔誠的神之信徒。

雖然沒有祭司那麼厲害，但應該也能夠使用神聖的力量才對。

我不覺得那個防禦狂達克妮絲會學魔法系的技能，但即使沒有技能，做做樣子向神祈禱總沒問題吧。

不過，這樣一來，我和惠惠現在的狀況就有點尷尬了。

因為事出突然，我逃出來的時候把武器之類的東西都留在房間裡了。

仔細一看，惠惠手上也沒有法杖，兩手空空。

但就算她拿著法杖，在這種地方也不能讓她施放爆裂魔法就是了。

正當我煩惱著該如何是好時，惠惠像是察覺到什麼似地對我說：

「和真，門外好像沒聲音了。現在人偶應該不在外面了吧？」

這麼說來，聲音確實是沒了。

不過，老實說，我不太敢出去。

阿克婭好歹也能夠擊退巫妖，我不覺得那種人偶會難得倒她。

既然如此，只要繼續安分地待在這個房間，用不了多久，阿克婭和達克妮絲就會完成除靈了吧。

——不過，唯一有個問題。

「吶，惠惠，妳面向門那邊摀住耳朵一下。我要很沒規矩的從陽台……」

我打算盡快解決那個問題，一邊解開褲帶，一邊準備到陽台去……

但惠惠卻從我身後拉住我的褲帶，不讓我走。

「喂，妳在幹嘛啊。放開我啦，不然我的褲子和這個房間的地毯都會遭殃啦。」

「我才不會讓你去呢，竟然想一個人得到解脫。我們可是同伴啊，無論是廁所還是哪裡，都該要一起去……」

這麼說著，惠惠嫣然一笑……

「放開我！不要只會挑這種時候強調同伴情誼！妳之前不是說紅魔族是不上廁所的嗎！不然那邊地上有個空酒瓶啊！」

「你剛才說了非常要不得的事情喔！你想叫我拿那個空酒瓶來幹嘛？你休想！就算我再怎麼沒用，也可以趁和真到陽台去解決的時候從你身後搖……晃……你………」

惠惠越說越小聲，讓我心生疑惑，轉頭看著她。

於是，我發現惠惠面對我原本想去的陽台，凝視著窗戶。

……儘管不祥的預感油然而生，我還是轉過頭去。

不知道該說果不其然，還是該說出乎意料。

大量的人偶貼在陽台的窗戶上，看著我們兩個。

「「啊啊啊啊啊啊啊啊啊！」」

我和惠惠同時發出尖叫，兩個人和樂融融地衝出房間，拔腿狂奔而去。

9

「嗚嗚……和真，你在嗎？不可以跑掉喔。」

「我在啦，我會一直待在這裡，要是人偶跑出來也不會丟下妳一個人，所以妳快點。」

在豪宅裡跑了一段路，我和惠惠逃進附近的廁所裡。

因為我們兩個的身體都已經到了極限，無法再硬撐了。

已經先解決的我，在廁所的門前等著惠惠出來。

不知道是不是怕我跑到別的地方去，她從剛才就不斷向我搭話。

「……那個，和真。這樣我實在有點害羞，可以請你大聲唱歌嗎？」

「為何我大半夜得這麼可悲的在廁所前面唱歌啊！反正以後在野外或是地城裡，還是會碰上好幾次同樣的狀況吧！」

儘管我如此吐嘈惠惠，但其實在門外等著的我也覺得莫名害羞，所以在無計可施之下只好開始唱起了歌。

但說是唱歌，我也只會唱日本的歌，所以就隨便選了一首大聲清唱。

「呼……和真，我已經好了喔。你唱的歌好奇怪喔，我完全沒聽過耶。我從之前就一直在想，和真到底是哪個國家的人啊？」

「是出身於有半夜在廁所外面唱歌的習俗，叫作日本的美好國家啦。好了，我們走吧，趕快找到阿克婭和她們會合。」

我隨便瞎扯，惠惠則是不發一語，赤腳跟在我身後。

總之以目前的狀況而言，我和惠惠對惡靈毫無抵抗能力。

真想盡快和阿克婭她們會合。

——就在這個時候。

我和惠惠正打算離開廁所的洗手區，到走廊上去時……

叩咚——叩咚——叩咚——叩咚——

聽見了那個討厭的聲音，我在廁所的洗手區門前彎下腰。

在我身旁的惠惠也用力揪住我的衣角，發著抖，貼到我身邊來。

好可怕，人偶真是太可怕了。

雖然說再怎樣應該也不至於被那種人偶殺掉，但是在半夜被西洋人偶追著跑，可說是超乎尋常的恐怖。

忍不住顫抖的惠惠鬆開了我的衣角，雙手高舉向前，輕聲唸唸有詞……！

「喂，妳在詠唱什麼啊！妳想把整間豪宅轟掉嗎！」

見惠惠因為過於恐懼而開始詠唱起爆裂魔法，我摀住她的嘴，並且順勢壓制住她的身體，避免她亂動。

——不知不覺間，那個叩咚叩咚的聲音在門前停了下來。

惠惠一面發抖、一面抓住我的手，抬頭看著我。

可惡，只能硬幹了嗎！

「惠惠，我打開門之後妳就趕快跑！我會想辦法用剛學會的『Drain Touch』吸取人偶的魔力！就算被人偶攻擊了，應該也不至於沒命才對！」

聽我這麼大吼，被我摀著嘴的惠惠點頭如搗蒜。

「混帳！有種就放馬過來啊惡靈——————！等一下我就叫我們家的狂犬女神去教訓你們啊啊啊——————！」

我一邊怒吼一邊用力推開門，就聽見有東西「叩！」地一聲撞上了門板。

太好了，剛才那下可能撞開了追過來的人偶。

我抓著惠惠的手，衝到門外，準備就這樣奮力奔跑……！

「阿克婭！喂、喂，阿克婭，妳沒事吧？」

正準備拔腿就跑的我僵在原地，看著蹲在門前摀著臉的阿克婭，以及無力地掉在她身旁的人偶……還有叫著阿克婭的達克妮絲。

10

「呼，這樣就可以了吧。數量還不少呢——結果還是弄到天亮了。」

阿克婭淨化了最後一個附在人偶上的惡靈之後，看著窗外變亮的天色這麼說。

不愧是對付不死怪物的專家。這麼大的豪宅，才花一個晚上就解決了裡頭的惡靈。

「嗯，原則上還是向公會報告一下比較好吧。雖然我們沒有接任務，但照理來說這應該是公會必須設法處理的工作。淨化了鎮上的鬼屋，說不定可以拿到臨時報酬。而且，我也想知道這個鎮上突然冒出這麼多惡靈是因為什麼。」

所有人都點頭同意了達克妮絲這番話。

我請達克妮絲和惠惠留在凌亂的豪宅裡收拾殘局，自己和阿克婭到公會去報告。

在前往公會的路上，我和阿克婭聊著豪宅裡的惡靈。

「話說回來，妳說的那個豪宅裡的貴族私生子怎麼了？妳不是說她不是惡靈，不會加害於我們嗎？」

聽我這麼說，阿克婭拍了一下手。

「啊啊！這麼說來確實是有那麼一個靈呢！放心吧，這次的事情是不知道打哪來的流浪幽靈搞的鬼。不過我覺得，喝掉我那支高級酒的，應該是那個貴族的私生子才對！吶，和真，被喝掉的那支酒，可不可以當成除靈的必要經費報帳……」

我沒有理會胡言亂語的阿克婭，推開公會的門。

「早安。雖然時間還很早，不過我有件事想報告，可以嗎？」

明明時間還很早，櫃檯小姐卻已經就定位了。

「可以可以，請問是什麼事呢？」

我和阿克婭說明了房仲委託我們的事情，還有豪宅裡發生的事件之後，櫃檯小姐便看了一下阿克婭的冒險者卡片，說了聲「原來如此」，點了點頭。

這麼說來，持有者打倒的怪物情報和數量都會紀錄在冒險者卡片裡呢。

「關於這個案件，因為惡靈在鎮上到處泛濫，確實有很多地方都來找公會商量。既然各位解決了出現在鎮上的怪物，雖然不多，但公會將發出臨時報酬，各位辛苦了。」

聽她這麼說，我和阿克婭默默擺出勝利的姿勢。

櫃檯小姐繼續說：

「不好意思，麻煩各位了。至於惡靈突然暴增的原因，公會已經查出來了。鎮上不是有個公墓嗎？不知道是惡作劇還是怎樣，總之有人在那座公墓張設了神聖屬性的巨大結界。所以出現在公墓的靈體無處可去，只好來到鎮上，住進沒有人住的空屋裡……」

——聽她這麼說，阿克婭抖了一下，動也不動。

…………

「失陪一下。」

我向櫃檯小姐說了一聲，不發一語地將阿克婭拖到公會的角落。

「喂，妳知道什麼對吧？快說。」

「……是。之前維茲不是拜託我，希望我定期去公墓，引導迷途的亡靈升天嗎？可是，你不覺得一天到晚往公墓跑很麻煩嗎？所以我想說，乾脆讓公墓沒有亡靈可以住的地方，不久之後他們就會自然消散到空氣之中了吧。」

阿克婭似乎也放棄辯解，坦率且畢恭畢敬地乖乖招認。

也就是說，因為這傢伙想偷懶，那些沒辦法待在公墓裡的亡靈就流落到鎮上來了是吧。

……這是什麼自導自演的一齣戲啊。這種做法無論怎麼想都有問題吧。

「……公會的臨時報酬不能收下，沒問題吧。」

「……好。」

阿克婭一臉歉疚，乖乖地點下了頭。

「然後等一下和我一起去房仲那邊道歉，畢竟這樣簡直跟詐騙沒兩樣。」

「…………好，真的非常抱歉。」

我和阿克婭離開了公會，準備去找房仲……

不過在那之前，我們決定先回豪宅向達克妮絲和惠惠報告，結果昨天那位房仲也在場。

「這真是太厲害了。我原本還很擔心事情會變得怎樣，所以跑來看一下情況，看來你們已經順利完成除靈了呢。」

男子笑容可掬地這麼說。知道他是因為關心我們而來，終是讓我感到無地自容。

我和阿克婭把真相告訴了男子，並且表示要將除靈完畢的豪宅交還給他。

但是……

「原來如此……不過，可以的話，希望你們接下來也能繼續住在這間豪宅裡。畢竟這間豪宅這麼大，住進裡面作亂的惡靈也比其他物件多出不少，也因此聲名狼藉……」

「「真是非常抱歉！」」

我和阿克婭跪地磕頭，男子連忙說：

「啊啊，別這樣別這樣！請快把頭抬起來！呃——不然這樣好了，請各位繼續在這間豪宅裡住一段時間吧。既然能夠成功驅除這間豪宅裡的大量惡靈，各位肯定是實力相當堅強的冒險者吧。對冒險者有所貢獻，也是這個城鎮的居民應盡的義務。而且，各位在這裡住得夠久的話，鬼屋的傳言總有一天也會消失……」

聽男子提出如此慷慨的條件，我和阿克婭再次跪倒在地。

「啊啊，快別這樣快別這樣！」

11

男子提出了兩件事，當作是讓我們住在豪宅裡的條件。

但他提出的條件有點奇怪……

「冒險結束之後，請在晚餐時間之類時，和同伴們一起熱烈聊聊當天的冒險故事……還真是奇怪的條件啊，不過是無所謂啦。」

我蹲在豪宅的庭院裡如此自言自語。

那位先生還真是拜託了我們這麼奇怪的事情呢。

然後，另外一個條件是——

「和真先生，午安！你在掃墓啊？」

我正在蹲著拔草，這時有人從背後叫了我。

我轉過頭去，看見的是臉色比昨天好多了的維茲。

「妳沒事了吧？昨天真是不好意思，我們家的那個笨蛋給妳添麻煩了。」

「不會不會，對我而言這樣反而好。如此一來，她一定不會再感到孤單了。」

維茲莫名其妙地這麼說，對我笑了一下。

為了住在豪宅裡，我們必須做到的另一個條件。

就是整理位在豪宅庭院角落的這座小小的墳墓。

於是，我立刻著手，拔著墳墓附近的草。

看著勤奮地拔草的我，不知為何，維茲看起來很開心。

我問維茲要不要到豪宅裡坐坐，她說自己還得回去看店，然後低頭行了個禮就回去了。

維茲到底是來做什麼的呢？

大概是擔心我們吧。

我在這座小墳墓上撒了水，將墓碑沖洗乾淨。

然後，我發現墓碑上刻著模糊的文字。

一定是在墳墓裡長眠的那個人的名字吧。

文字有好幾個地方都很模糊，難以辨認，我只看得出「安娜」這個名字。

——安娜……安娜？

是誰來著？總覺得最近好像在哪聽過這個名字……

正當我蹲在墳墓前苦思時，從豪宅裡傳出了聲音。

「和真——！飯煮好了，快點來吃喔——快點喔——！不然難得的午餐會冷掉喔！」

我轉過頭去，看見阿克婭從豪宅的窗戶探出頭來，向我招手。

「我知道了。等我一下，我這就過去——！」

我大聲回應阿克婭之後，拿布擦乾墓碑的表面。

墓碑上刻的名字是「安娜·菲蘭堤·艾斯特羅」。

我還是覺得最近好像在哪裡聽過……

「和真——！惠惠說每過一分鐘，和真的炸雞就會少一塊喔。那你還是慢慢來好了，這樣我們的配菜也會變多呢。」

「給我等一下！最好是有人這樣亂來的啦！」

我結束掃墓的工作，就立刻朝著豪宅衝了過去。

第四章

為美好的店家獻上祝福！

1

我們得到了一間豪宅。

所以我原本最擔心的過冬問題也解決了。

於是，我們小隊的四名成員立刻就住進這裡。儘管內在非常有問題，但和異性同住在一個屋簷下，還是讓我為了接下來的新生活而感到雀躍不已。

「喂，走開啦，我要開始做家庭代工了。會冷的話，就回自己的房間去裹棉被。」

但新生活的第一天，立刻就出現問題了。

因為冬天只有很厲害的怪物在活動，我們除了躲在鎮上，別無他法。

不過，我還是想盡早還清煩心的債務，所以透過公會接了家庭代工來做，但我的手冷到都凍僵了，工作進行得不太順利。

所以，我想待在豪宅一樓大廳的暖爐前面，但阿克婭擅自決定那裡是她的地盤，現在硬是霸占著沙發，頑強地抵抗著。

「我才不要。棉被那種東西，只要人一離開就會變冷啊。想要我再鑽回去棉被裡面的話，就把棉被拿去用微波爐加熱一下吧。」

「妳白痴啊，這裡怎麼可能會有微波爐那種東西啊！應該說，要什麼任性啊妳，快讓開啦！況且，妳以為我做這些是為了誰的債務啊？妳要是想要繼續妨礙我的話，可就別怪我不客氣了。」

「幹嘛，想打架啊？彼此都沒拿武器的話，當然是參數超高的我比較有利。暖爐前面是我的聖域，想要侵入這裡的人都會遭天譴啊啊啊啊啊啊啊啊啊——！」

我對不乖乖聽話的阿克婭的後頸和背施加了名為「Freeze」的天譴之後，阿克婭便放聲慘叫，從她霸占的沙發上滾了下去。

我坐到暖爐前變成空位的沙發上，將抱在手上的材料放到桌子上說：

「哼……看來這個地方正式變成我的地盤了啊。乖，妳不想幫我做家庭代工的話，就去那邊找她們兩個人玩。」

我伸手對摀著脖子在絨布地毯上發著抖的阿克婭揮了揮手趕她走。

達克妮絲和惠惠在大廳中央玩著這個世界的桌上遊戲，玩法有點類似西洋棋和將棋。

「哼哼，見識吾之軍團的厲害吧。獸人士兵瞬間移動到這一格。」

「惠惠，妳的法師用得也太下流了吧……移動十字騎士到這裡來，將軍！」

「瞬間移動。」

不同於地球，這個世界有魔法的概念，類似西洋棋的那個遊戲，在規則上也不太一樣。

我曾經和惠惠玩過一局，但是在她把自己的國王瞬間移動到棋盤之外的那個瞬間，我就下定決心再也不玩那個桌上遊戲了。

這時，原本摀著脖子發抖的阿克婭似乎想起了什麼，猛然站了起來，從懷裡掏出自己的冒險者卡片，並遞到我眼前。

「和真，你給我看清楚了，看看等級的欄位！現在，我是這四個人當中等級最高的喔。等級高成這樣已經可以算是老手了吧！你們這些不到二十等的菜鳥真是太不知分寸了！想通了的話，就快點把暖爐前面的位置讓給在上位的我！」

我看了一下她遞出來的卡片，等級確實是突飛猛進。

上面顯示的等級是二十一。

仔細想想，她之前討伐了魔王軍的幹部貝爾迪亞，之前在地城裡也淨化了大量的不死怪物，最後甚至還淨化了一個巫妖。

在為阿克婭的成長感到高興的同時，等級被她趕過這件事也讓我有點不甘心……

……奇怪？

「……吶，阿克婭。妳的等級確實是變高了，但是各項參數和我第一次看到的時候相比，卻完全沒有成長，這是怎麼回事？」

「你很笨耶，和真。你以為我是誰啊？參數這種東西，當然是一開始就封頂了啊。數值一開始就封頂，初期技能點數也綽綽有餘，足以學完宴會才藝技能和大祭司的所有魔法。把我和隨處可見的普通冒險者混為一談根本是大錯特錯。」

我不禁弄掉了阿克婭的卡片，自己也跪倒在地毯上。

看見我的反應，阿克婭得意洋洋地露出笑容，但我沒空理她。

——也就是說無論這個傢伙再怎麼升等，智力也不會再變高了。

我撿起卡片還給阿克婭，也把暖爐前面的位置讓給了她。

「哎呀？幹嘛，怎麼就這樣乖乖讓位了……和真，你在哭什麼啊？等級被我超車對你造成的打擊有這麼大嗎？幹……幹嘛，為什麼要拍我的肩膀還對我這麼溫柔？為什麼要用那種憐憫的眼神看著我？」

我把阿克婭推到暖爐前面讓她坐下之後，因為今天已經完全沒有心情工作了，所以我決定到鎮上去轉換一下心情。

2

鎮上已經開始積雪，因為天氣寒冷，所以也沒什麼人在路上走動了。

在這個世界的居民們的常識當中，冬天就是該窩在家裡。

這個季節只有凶暴的怪物在活動，這種時候還會穿著鎧甲出任務的，只有來自日本的那些擁有作弊能力的傢伙而已。

而在這麼冷的時候還會在鎮上亂晃的，不是像我這種閒人……

——要不就是前面那些形跡可疑的，我的熟人了。

那兩個熟人在大馬路上鬼鬼祟祟地打量著巷子裡的一間店，於是我叫住了他們。

「奇斯、達斯特，你們在這種地方做什麼啊？」

「「唔喔！」」

聽我從背後叫住他們，奇斯和達斯特嚇得跳了起來。

他們兩人今天的穿著很休閒，不太像是冒險者。

「什、什麼嘛，原來是和真啊，別嚇我們啦。真是的，會潛伏技能的傢伙就是這樣最討厭，真的是喔……」

奇斯看見是我，放心地這麼說。

但，我當然沒用潛伏技能就是了。

「嗨。怎麼了？你今天沒跟她們三個人在一起啊？」

達斯特好奇地往我身邊看了幾眼。

畢竟達斯特被她們害得很慘，會有所警戒也很正常。

「沒有，今天只有我一個人，你放心。你就這麼不擅長應付她們啊？我是因為在家裡待膩了，自己跑出來散步。你們在這種地方做什麼啊？」

大概是聽我這麼說比較放心了吧，達斯特鬆了一口氣說：

「不，就是……因為我們……你懂吧？總之她們三個不在就好。應該說，沒有帶女人的話，就不需要在意了。」

……？

此話怎說，他們想做什麼有女生在就不方便做的事情嗎？

大概是我這種想法表現在臉上了吧，奇斯賊笑地說：

「平常就有美女圍繞的和真不需要做這種事情啦，像我和達斯特這種孤單男子……」

「喂，等一下。」

奇斯的話說到一半，就被達斯特給打斷了。

然後，達斯特以同情的視線看著我……

「奇斯……這個傢伙的處境不是你想的那樣。乍看之下很像後宮，但真的不是那樣……這個傢伙和我們是同一國的，他也吃了很多苦頭。」

並且心有所感地這麼說。

啊啊，我懂了……看來那個時候，這個傢伙也吃了不少苦頭啊……

……好。雖然我是背著債務的人，不過今天就請達斯特吃頓飯好了。

3

小時候，我看父親喝的啤酒好像很好喝的樣子，結果討了一口來喝，卻馬上就吐了出來。真是美好的兒時回憶。

——年幼的我當時在心中發誓絕對不喝酒這種東西，但現在的我來到了異世界，卻像這樣大白天就開始喝起酒來。

雖然心裡覺得自己這樣不應該，但異世界的法律不同，常識也不一樣。

這個世界的法律並沒有規定未成年不得飲酒，即使引發了什麼問題，也只會嚴厲要求當事人自己負責而已。

我不覺得酒好喝，不過勉強一直喝下去的話，就會有種輕飄飄的感覺。

就是因為這種感覺很舒服，人們才會喝酒吧。

我們三個男人大白天就在公會的酒吧飲酒作樂，喝著喝著，奇斯開始抱怨起來：

「唉——真是的，這個季節完全沒事幹，都快發霉了啊。哎呀，和真也很能喝嘛。來，多喝幾杯！」

奇斯幫我斟了一大杯酒，自己「嗚哈哈哈」地笑了出來。

看來奇斯是醉了就會狂笑的那種類型。

「唉……一到冬天，就好想和人緊緊貼在一起啊……老實說，我知道和真有多麼辛苦，但儘管如此，在這個季節，我還是有點羨慕你啊。」

達斯特一邊這麼說，一邊重重嘆了口氣。

大概是因為冬天沒事情做吧，除了我們以外，還有很多人都在公會內的酒吧，打從大白天就開始喝酒嚼舌根。

冒險者這種族群，好像也有很多不輸給我這個前繭居族的廢人也說不定呢。

我一邊這麼想，一邊問了他們兩個一件我有點好奇的事情。

「對了，這麼說來，你們兩個剛才到底在那裡做什麼啊？」

沒錯，當時他們兩個人看起來，就像是正在猶豫該不該進那條小巷子裡面的一間店。

那間店到底是什麼，讓我有點好奇。

聽我這麼說，兩人交換了一個眼色，點了點頭，接著……

奇斯放下手上的啤酒杯，露出認真的表情。

「和真，我認為你是個可以信賴的人。接下來我要說的事情，是這個城鎮的男性冒險者之間的共通秘密，絕對不可以洩漏出去。和真，你能不能答應我，絕對不可以把這件事洩漏給你的女性同伴們知道？」

儘管這種沉重的氣氛讓我有點畏縮，但還是點了頭。

奇斯看見我的反應，也點了點頭。

接著，在喧嘩聲中，達斯特為了不讓周圍的其他人聽見，壓低了音量說：

「和真，這個鎮上有間夢魔們偷偷經營的店，專門讓人作美夢，你知道嗎？」

「願聞其詳。」

——我立刻這麼回答達斯特。

臉色稍微泛紅的達斯特放下啤酒杯，對我說：

「這個鎮上住著一群夢魔。她們這種惡魔專門吸取人類衝動難耐的慾望，也就是男人的精氣，並以此維生。如此一來，男性人類對於她們而言，當然是不可或缺的必要存在。」

嗯嗯。

我在酒吧裡專注地聽著達斯特的一言一語。

「所以了。她們當然會吸取我們的精氣，不過……這裡的男性冒險者們和住在這個鎮上的夢魔們，建立著一種互助互惠的關係。你想想……我們基本上都住在馬廄裡對吧？這麼一來……就是，會有很多事情無法發洩不是嗎？可是，周圍還睡了那麼多其他的冒險者，即使興頭上來了，也不能『怎樣』對吧？」

「是、是啊。」

我用力點了點頭。

我並沒有因此而心虛，但臉頰還是流過一行汗水。

真的，我一點也不心虛。

「話雖如此，我們也不可能對睡在附近的女冒險者動手動腳。要是真的那麼做了，馬上就會被其他女性冒險者發現然後被圍毆，或者是你想動手動腳的對象其實偷偷拿著匕首，反而是你的那話兒差點被切下來，發生這種事情也不足為奇。」

說著，達斯特的臉色變得蒼白，還抖了一下。

奇斯見了他的反應，並說：

「你招惹琳恩的時候受到的心靈創傷還沒好啊？」

「吵、吵死了！所以說……這種時候，就得提起那些夢魔了。她們會趁我們睡覺的時候，讓我們夢見香豔刺激的夢境。我們可以神清氣爽，她們也可以賴以為生。而且，她們都很節制，不會吸到我們變成人乾、無法出發冒險。從來沒聽說過有冒險者因為被吸走太多精氣，而陷入危險的案例……如何？對任何人都沒有壞處吧？」

聽了達斯特這番話，我點頭如搗蒜。

太美好了，簡直美好過了頭！

這樣夢魔們就沒有理由襲擊人類，馬廄裡的冒險者們也不會無處發洩。

這一定也間接對減少性犯罪有所貢獻吧。

這麼說來，這個城鎮的治安非常良好。

在我的想像當中，很多冒險者都是血氣方剛的人，既粗暴又愛喝酒，動不動就打架。

原本我一直有這種印象，但這個鎮上的暴力事件很少，也不常聽到罪案發生。

如果所有人都隨時處於賢者模式之中的話，自然就不會引起紛爭。

太美好了！這個世界的運作竟是如此巧妙地環環相扣！

我都有點感動起來了。而看著我的反應，奇斯說：

「其實，我們也是最近才聽人家說有這麼一間店。然後，我們今天正打算首次探訪那間店，就碰上和真了。」

達斯特仰頭喝了一大口酒。

然後，他對我說：

「就是這麼回事……如何？要不要一起……」

「請務必讓我跟。」

4

離開了公會的酒吧，我們略顯緊張地回到剛才那間店的前面。

如果只有我一個人的話，肯定不敢進去這種店。

但是，現在的我有可靠的同伴。

好比一個人去買A書時需要鼓起勇氣，但是大家一起去買就沒什麼好怕的了，就是那種奇妙的心理。

稍微離開了大馬路，往巷子裡進去才看得見的小店。

乍看之下，似乎只是非常普通的餐飲店，但是……

「歡迎光臨──！」

迎接我們的，是個眾多男人所夢寐以求，可謂女性理想身材的大姊姊。

在身材如此誘人的美女大姊迎接之下，我們進到店裡，發現裡面清一色都是男性顧客。

店裡還有好幾位身材同樣誘人的大姊姊在走動，老實說，光是這樣，就讓我的胸口湧現一種難以按捺的衝動。

明明是餐飲店，客人們的桌上卻沒有任何食物和飲料。

所有客人都在各自的餐桌上，對著一張看似意見調查表的紙張，全神貫注地不知道在寫些什麼。

大姊姊帶我們到空位上坐下之後，拿著菜單笑著說：

「幾位客人是第一次來我們店裡嗎？」

我們三個點了一下頭。

大姊姊笑得更加燦爛了。

「……那麼，幾位知道這裡是什麼樣的店，我們又是什麼人嗎？」

我們再次默默點頭。

那位大姊姊似乎是因此感到滿意了，她把菜單放到桌上，並說：

「請隨意點餐。當然，不點任何東西也沒關係……然後，請在這張意見調查表上填寫好必要項目，在結帳的時候交給櫃檯。」

我們接過那張意見調查表。

也就是說，這些夢魔大姊姊會根據我們填寫的意見，挑選她們當中最適合的一位，來服務我們嗎？

我看向意見調查表……

「請問，夢中的自己的狀態、性別與外型。這個部分是……？」

總覺得這項有點莫名其妙。

狀態我還可以理解，自己的性別和外型是怎樣……？

「狀態的部分，就是可以在夢裡面當個國王或是英雄之類。性別和外型，是因為偶爾會有客人想要體驗一下身為女生是什麼感覺；也有一些客人想變成未成熟的少年，被強硬的女冒險者推倒。」

這個鎮上的冒險者有沒有問題啊。

不過，連這些部分都可以設定啊。

原來如此，畢竟是作夢嘛。

奇斯怯生生地舉起一隻手，向大姊姊提問：

「……請問，對象設定的部分，可以指定到什麼程度呢？」

「什麼程度都可以。個性、口頭禪、外型、對你的好感度，任何特質、任何人都可以。就算要指定的不是現實人物也可以。」

「真的假的？」

「真的。」

我不禁從旁脫口而出，大姊姊也立刻回答。

也就是說，無論是有名的她，還是身邊的她；沒錯，甚至連二次元的老婆都可以嗎？

「……請問，這樣的話，不會侵犯肖像權或是什麼的嗎？」

「沒問題，因為是作夢嘛。」

「我想也是。」

大姊姊不加思索地這麼回答，讓我感到很放心。

既然是作夢當然不會造成任何問題。

達斯特也怯生生地舉起一隻手問：

「……所以說，對象也沒有任何年齡限制囉？沒有啦，我並不是想指定哪種年齡層，只是，該怎麼說呢……」

「沒有，請隨意指定。」

大姊姊依然沒有絲毫動搖地立即做出回答。

我不禁開口：

「沒、沒問題嗎？就是、條例之類……」

「沒問題，因為是作夢嘛。」

「我想也是。」

既然是作夢就沒有任何問題。

竟有此事，夢魔的春夢服務根本就無敵了啊。

我們三個人默默寫著意見調查表。

沒錯，就像店裡的其他客人一樣。

「那麼，三位選擇的都是三小時行程，費用是一個人五千艾莉絲。」

好便宜！

我在櫃檯掏出錢包，並因此價格而大吃一驚。

當然，我沒去過所以無法詳細說明，但是這和日本的「特色」店家的行情相比，可以說是破盤價了吧。

或許是從表情上看出我的想法，大姊姊說：

「……對我們而言，金錢只要能讓我們在這個城鎮以人類的身分生活下去就足夠了。除此之外，我們只需要從客人身上吸取一點點精氣就行了。」

說著，她露出一抹淺笑。

怎麼會這樣，再也沒有比這個更能夠讓大家都幸福的生意了吧。

我完全折服於她們充滿奉獻式慈愛的經營方針。

這下子我只好當個常客，好好幫助她們才可以。

我們不禁膜拜起那個夢魔大姊，嘴裡喃喃地說：

「神……神啊……」

「別、別這樣，太不吉利了！那、那麼，最後請三位留下今晚過夜的地址，以及預計就寢的時間。到了那個時段，本店的夢魔就會到正在就寢的客人身邊去，讓客人夢見指定的夢境。可以的話請盡量不要喝酒喔。要是喝到爛醉如泥，完全熟睡的話，就連我們也沒辦法讓客人作夢了。」

聽了大姊姊的忠告之後，我們走出了店門。

時間還只是傍晚，但來到外面的我們基於某種默契，就這樣解散了。

「那、那就這樣，改天見。」

「喔，好！」

「改、改天見！」

他們兩個人隱約有點焦躁不安，一副很想趕快回去的樣子。

應該說，我的心情也一樣。

距離我指定的就寢時間還很久，不過我想早點回去做好準備，今天早點爬上床。

我沒有繞到別的地方去，就這樣直接趕路回家。

5

「和真，你回來啦！告訴你一件值得高興的事情，今天的晚餐可豐盛了！是螃蟹！剛才達克妮絲的老家派人過來，說如果達克妮絲今後要住在這邊的話，就該送個喬遷禮，帶了超高級的霜降紅蟹過來！而且還有一支超棒的高級酒喔！說是要感謝各位隊友平常那麼照顧他們家的女兒！」

回到豪宅，阿克婭笑容滿面地迎接我。

看來，螃蟹在這個世界也算是高級品。

我還在日本的時候，都沒好好地吃過螃蟹，沒想到居然可以在異世界吃到……

「哇哇哇……吃冒險者這行飯過了這麼久的窮困日子，沒想到居然有這麼一天可以親眼見到霜降紅蟹……！今天是我最慶幸加入這個小隊的日子了吧……」

「這是那麼高級的螃蟹嗎？」

見惠惠雙手合十對著霜降紅蟹拜了起來，我好奇地這麼問。

於是，惠惠一副不知道我在說什麼傻話的樣子，以誇張的大動作舉起拳頭，高談闊論了起來：

「那還用說嗎！打個簡單易懂的比方，如果有人告訴我『想吃這隻螃蟹今天就不准發爆裂魔法』，我也會甘心忍耐，等到吃完之後才去發爆裂魔法。這就是如此珍貴的高級品！」

「喔喔，那還真厲害……咦？妳剛才最後說了什麼？」

在我和惠惠說著這些的時候，達克妮絲正在將烹調完畢的螃蟹擺到大廳的餐桌上。

阿克婭興高采烈地拿了四個酒杯過來。

所有人都在餐桌旁就定位後，我們立刻拿起霜降紅蟹……

並「啪」地一聲折斷蟹腳，取出白色與粉紅色相間的蟹肉，沾了點醋，然後就直接送進了嘴裡。

「！」

——我驚訝於那非比尋常的美味。

味道帶點清甜，濃郁的螃蟹風味在口腔中散開。

仔細一看，她們三個人也都默不吭聲地吃著螃蟹。

不行，這個一吃就停不下來了！

我接著掰開蟹殼，準備吃掉殼上的蟹膏……

「和真、和真，你用一下『Tinder』。接下來，我要教你怎麼喝這支高級酒最好喝。」

說著，早就把蟹殼上的蟹膏吃掉的阿克婭，在一個小單柄鍋裡裝了木炭，然後在上面放了烤網。

簡單的說，就是她弄了一個簡易烤爐。

我照她所說，在木炭上點了火，她就把還沾著一點蟹膏的蟹殼放到烤網上。

然後，她直接將那瓶像是日本酒一樣透明的高級酒，倒進了蟹殼裡。

阿克婭心情愉悅地烤著蟹殼，直到稍微有點烤焦便拿起來，啜飲了一口溫酒……

「呼……」

瞧她嘆氣嘆得好像超好喝的模樣。

這一連串的動作簡直像個中年大叔，但儘管如此，看著她的所有人都吞了一口口水，然後準備一起執行同樣的動作。就在此時，我赫然驚覺。

——這是陷阱！

螃蟹好吃到讓我完全忘了，今天晚上夢魔大姊會來。

那位大姊不是說了嗎，要是喝酒喝到爛醉如泥就作不了夢。

冷靜點啊我，我是個很能忍耐的男人。

我是個擁有鋼鐵般的意志力，能夠承受誘惑的男人。

「！這個好，真的好好喝！」

別被迷惑了！

達克妮絲的那種聲音才迷惑不了我！

沒錯，一旦喝了那種酒大概就停不下來了。

喝了八成就會一鼓作氣，覺得一切都無所謂了，一直喝下去。

這種螃蟹就是如此美味，而那種酒想必也是。

「達克妮絲，我也要喝！有什麼關係嘛，只要今天一天就好！我也很想喝酒啊！」

「不可以，人家說小時候就開始喝酒的人，將來成不了大器。」

聽達克妮絲這麼說，惠惠有意無意地看向喝酒喝得很開心的阿克婭，而達克妮絲也跟著默默看向了阿克婭。

「……？看我幹嘛？」

我沒有理會她們三人這個互動，獨自偷偷忍耐著。這時，達克妮絲看向我，不解地說：

「……你怎麼了，和真？你沒喝過酒嗎？還是說……我們家的螃蟹不合你的口味？」

說著，她臉上的表情變得有點不安。

不對，並不是這樣，螃蟹很好吃。

「不，螃蟹非常好吃，這個完全沒有問題。只是，我今天白天已經和奇斯他們喝過一輪了。而且我現在還喝不太出來酒的美味，今天大概就不喝了吧……明天吧！明天我再喝！」

聽我這麼推託，達克妮斯說了聲「這樣啊」，並安心地鬆了口氣，露出一臉燦笑。

別這樣，不要笑得那麼純真好嗎，平常明明只會說些沒營養的話讓我倒彈，為什麼偏偏挑在今天露出那麼……！

那麼……！

「喔——？你以為這些酒還會剩到明天嗎？我當然會全部喝光啊！我怎麼可能會放著不喝！太好了，我要連和真的份也喝掉！」

可惡，那個不改本色的笨蛋真是可恨極了！

達克妮絲再次對這樣的我笑了笑。

「……嗯，這樣啊。既然如此，你就多吃點螃蟹吧，算是答謝你平常的照顧。」

聽她這麼說，讓我覺得自己好像做了什麼很對不起她的事情般，胸口一痛。

對，和大家一起喝酒，把那件事給忘了吧。

雖然會害夢魔大姊白跑一趟，不過明天再去道歉就好。

今晚就和她們三個人喝個痛快，明天開始再繼續努力。

沒錯，反正就是我在意見調查表上寫的事情，會變成超級逼真的夢境，不過如此而已。

然後，聽說這樣作的夢到了白天也不會忘記。也不過就是如此而已嘛。

看著眼前的達克妮絲的臉，還有大家的臉。

仔細想想，到底哪一邊對我比較重要。

然後，再回想起自己在意見調查表上寫了什麼！

…………沒錯，根本打從一開始就不需要煩惱。

我吃了滿肚子螃蟹之後，站了起來。

「那麼，雖然還有點早，不過我要先睡了。達克妮絲，多謝款待。大家晚安！」

我毫不猶豫地早早滾回了自己的房間。

6

我回到房間之後，鎖上門，並且打開窗戶的鎖。
她們是沒有叫我不要鎖窗戶，不過還是以防萬一。
特地讓她們跑這麼一趟，要是多給她們添麻煩，那多不好意思啊。
這裡沒有時鐘，所以不知道正確的時間，但我所指定的時刻即將來到。
我必須在那之前入睡才行，卻因為各種興奮和緊張而難以成眠。
糟糕，我的心跳越來越快了。
啊啊，怎麼辦怎麼辦，既緊張又期待，興奮到害我睡不著！
不知道就這樣興奮了多久。
我爬下床，想去庭院稍微做點體操，冷卻一下過熱的腦袋。
活動一下身體，也許就睡得著了。
我這麼一想，就穿著睡衣，走出豪宅，來到庭院。

在所有人都已經熟睡的時間，我憑藉著月光和千里眼技能，在庭院裡稍微活動身體。

站在積了雪變成一片白的庭院中央，我無意間看見庭院角落的那個不認識的人的墓碑完全被雪覆蓋住，心裡有點在意。

我走向墓碑，拍掉上面的積雪，刻在上面的「安娜」這個名字露了出來。

我因此感到滿足之後，卻因為自己流了些汗而在意了起來。

夢魔只是讓我作夢，所以應該不需要太在意才對，但……

該顧的禮儀還是要顧。

在所有人都已經熟睡的時間，我前往豪宅的浴室。

這裡原本是貴族的別墅，因此浴室配備了特殊的魔道具。

簡單來說，就是靠魔力驅動的熱水器。

這種魔道具所需的魔力並不算多，普通人也能夠使用。

但或許是因為要消耗魔力吧，使用後會感到有點疲倦，不過這種程度的代價也是無可奈何的事。

我以「Tinder」點亮浴場的油燈，然後在浴室外面確實掛上「使用中」的牌子。

脫了衣服之後也確實放進洗衣籃裡，讓人明白有人在洗澡。

沒錯，為了不讓在漫畫裡常見的那種劇情真實發生，我非常地小心。

那種美好的發展，只要發生在我拜託那間店讓我作的夢裡面就夠了。

既然同住在一個屋簷下，我想盡量避免和哪個人演變成那種尷尬的關係。

在這種狀況下，即使是女生自己不小心進到浴室裡來，會被當成壞人的還是男生。

要是碰到那種狀況的話，我也會堅持對抗到底。

我會搶在女生尖叫之前，反過來說她是性騷擾色女。

「不過，那種劇情也只會發生在漫畫裡面吧。」

我用魔力在浴缸裡放了熱水，整個人把肩頭以下都泡了進去。

在脫衣處的油燈散發出來的昏暗燈光照耀下，我在熱水裡伸直了手腳，好好放鬆自己。

我長長呼了口氣，覺得有點睡意，就閉上了眼睛。

7

不知道自己到底維持這樣的狀態多久了。

我聽見脫衣處外頭傳來「匡啷」一聲東西掉到地上的聲音，並睜開眼睛。

原本還以為是我的錯覺，但在這麼安靜的環境下又怎麼可能聽錯。

是掛在浴場外面的牌子掉了嗎？

但我應該有掛好才對啊……

我本來覺得有可能是阿克婭在惡作劇，故意把牌子拿掉，但都這個時間了，她應該已經睡著了才對。

算了，大半夜的應該不會有人進來吧。

我的衣服丟在脫衣處的洗衣籃裡，油燈也亮著。

這樣一看就知道有人在浴室裡吧。正當我這麼想的時候。

明明是在豪宅裡面，卻忽然吹起一陣不自然的風，同時油燈也熄了。

我感覺到有人存在的氣息，就像前幾天，幽靈出現在豪宅之中的時候一樣……

但是，感應敵人技能卻沒有反應。

……算了，就算燈熄了，對於具備夜視能力的我而言也沒有什麼大礙。

光線以從浴室的窗戶灑進來的月光，就已經夠亮了。

正當我悠哉地這麼想的時候……

——聽見了脫衣處的門被打開的聲音。

開門聲真的讓我嚇了一跳，驚慌失措。

喂喂，這個時機太奇怪了吧。

不，雖然不知道進來的人是誰，但那人手上好像拿著燈。

這樣的話，看到脫衣處的洗衣籃，應該就會發現我在裡面了吧。

既然拿著油燈，就表示來者並非在黑暗之中也看得見的阿克婭。

那就表示，是惠惠或達克妮絲其中一個囉──

忽然，那個某人手上的油燈也熄了。

「哇啊！怎、怎麼搞的，為什麼油燈熄了……？」

隔著玻璃傳進來的，是達克妮絲困惑的聲音。

「……沒辦法。所幸今晚有月亮，就這樣吧……」

說著，達克妮絲在玻璃後面開始脫起衣服……喂喂喂！

我連忙想出聲時想通了。

這顯然是有人設計好的狀況。

不然照理來說，根本不可能發生這種事情啊。

沒錯，這對我而言未免也太剛好了，即使我的運氣再好也不可能。

……不，等一下喔。

在事情演變成這樣之前，我忽然感覺到睡意，閉上了眼睛。

原來如此。也就是說，目前的這個狀況是……！

「嗯……今天晚上的月亮，真的…………」

達克妮絲用雙手將一頭長髮往後順，走進浴室的時候還在自言自語——

然後就在黑暗之中，和大大方方泡在浴缸裡的我四目對望。

「「…………………」」

當然彼此都是全裸。

在微弱的月光照耀之下，達克妮絲的肌膚看起來格外淨透白皙。

該怎麼說呢，我原本就覺得她的身體很誘人，不過這樣一看，身材更是超乎想像啊。

因為她有在鍛鍊身體，我原本還以為會更粗壯一點，但是該凸的地方還是相當的……

不對，這或許是夢魔的服務，把身材修得更合我意了也說不定。

達克妮絲茫然呆立著，就連遮掩前面的動作也沒有，而我泡在浴缸裡對她說了聲

「嗨」，舉起一隻手向她打招呼。

看著這樣的我，達克妮絲張著嘴，遮起胸部，當場癱坐在地上。

「……為……為為……為為為…………！」

「……？怎麼了，達克妮絲？快點過來啊。應該說，先幫我洗個背吧。」

「？」

我離開浴缸，坐到木頭圓凳上，背對著達克妮絲。或許是我的行動太過出乎意料了吧，她遮著胸部，嘴巴不停開合著。

這個達克妮絲是怎樣。

感覺好新鮮，真是不錯，不愧是夢魔創造出來的達克妮絲。

可是，為什麼出現在夢中的會是達克妮絲呢？

是我不應該只寫「身材姣好的美麗大姊姊」這麼簡短嗎？

以後我還是寫得詳細一點吧。

「你、你你、你這傢伙，你這傢伙到底在說什麼！不、那個，就是、為什麼你會那麼冷靜，叫我幫你洗背又是什麼意思？發生太多事情了，有點超出我的腦袋的負荷……！」

好厲害，怎麼會這麼逼真！

夢魔好強！超強！

「不對，現在不是感動的時候。我可沒有設定吊人胃口的部分喔，快點啦……不，這麼說來，我在意見調查表上寫的，是身材姣好的美麗大姊姊，最好還有點怕羞、不諳世事。既然如此，這樣也沒錯啦。」

「！」

聽了我的自言自語，達克妮絲終於露出陷入恐慌的表情。

這樣感覺也很新鮮很不錯，但看來這是我得主動的進展吧。

「沒辦法，我知道妳的設定是不諳世事，不過還是請快點幫我洗背吧。」

「！難、難道…………在這種狀況下，我幫和真洗背才是世事之道理嗎！」

儘管陷入了恐慌，達克妮絲還是戰戰兢兢地靠近我的背部。

我毫不客氣地看向達克妮絲，她便立刻遮掩身體，蹲了下去。

「好新鮮啊，真是不錯。不過，還是請妳快點，我在各方面都已經快要按捺不住了。」

「你、你、你這傢伙……！你知道這是什麼狀況嗎？要是阿克婭和惠惠知道了，真不知道她們會說什麼……！」

「到時候，就大家一起來泡澡不就得了。」

「你怎麼了！今天的你究竟是怎麼了！」

「喂，妳從剛才開始就一直很大聲耶，現在幾點了妳知道嗎？妳有沒有想過會吵到鄰居啊？沒常識也要有個限度喔。」

「在這種狀況下突然說這種一般常識是怎樣！是、是我有問題嗎？只是因為我太不諳世事了嗎？只是因為我太沒常識了嗎？只是因為我太奇怪了嗎！」

「大致上，妳一直都很奇怪啦。不對，這麼說來，因為是在作夢，吵一點也沒關係吧……好，那就麻煩妳了。」

「嗚嗚……為、為什麼會變成這樣……可是，像這樣高高在上地命令我，我就無法堅決抗拒到底，真讓我以自己的癖好為恥……」

儘管紅著臉、嘴裡唸唸有詞，達克妮絲還是來到了我的背後。

她的手上不知不覺間多出一條毛巾來，在坐在凳子上的我的背後跪坐下來。

終於，達克妮絲順應我所說的話，以笨拙的手勢拚命地搓洗著我的背。

「你、你這個傢伙……！今天的你，言行都很像中年大叔耶！好、好了，這樣就可以了吧。我、我可以離開了吧……」

達克妮絲拚命將視線避開我的裸體，怯生生地說。感覺有點純情，但我還是斷然告訴她：

「妳在說什麼傻話啊。就算是調整過設定，妳也真的太沒常識了吧，就連接下來該怎麼做都不知道嗎？再來就是不用毛巾……」

「太奇怪了太奇怪了！就算我再怎麼不諳世事，也知道這無論如何絕對都不正常！」

——就在達克妮絲淚眼汪汪地紅著臉抗拒我的時候。

「大膽鼠輩——！來人啊來人啊！各位，有鼠輩闖進豪宅裡來了——！」

阿克婭的聲音在豪宅裡迴響起來。

喂喂，怎麼會在好戲正要上演時有人出來攪局啊，我可沒說要這種虛晃一招的設定啊！

我搶走達克妮絲手上的毛巾，迅速綁在腰間，便衝了出去。

我瞄了達克妮絲一眼，她依然遮著胸部、紅著臉，坐在地上，淚眼汪汪地抬頭看著我。

可惡，我實在很想繼續下去，但那個傢伙就連在夢境之中都要出來攪局，我不去罵她個兩句不行！

當我圍著一條毛巾來到大廳，看見一個比白天那些夢魔大姊姊還要年幼一點、個頭嬌小的夢魔女孩，被阿克婭壓制住了。

而且，穿著睡衣的惠惠也拿法杖嚇唬著她。

「和真，你看你看！有鼠輩被我的結界攔了下來無法動彈……等等，這邊也有鼠輩！」

「妳說誰是鼠輩！……奇怪，這是怎樣？為什麼會有個夢魔在那裡？」

在吐嘈指著只圍了一條毛巾的我叫著鼠輩的阿克婭時，我開始因為登場人物也太多了點，而覺得哪裡不太對勁。

應該說，冒出夢魔來也太奇怪了。

「其實我在這間豪宅張設了強大的結界。因為結界有了反應我就跑過來看，結果發現這隻夢魔似乎試圖闖進豪宅裡來，就被結界攔了下來動彈不得！夢魔會襲擊男人，所以她一定是為了和真而來的吧！不過，你大可放心了。我這就立刻進行驅魔儀式，輕鬆解決她！」

聽阿克婭這麼說，夢魔輕聲倒抽了一口氣。

不對。

這是怎樣，太奇怪了，真是太奇怪了。

應該說，這表示剛才我在浴室碰見的達克妮絲是……！

不，現在不是想這個的時候，我得先想辦法處理眼前的夢魔！

居然在我不知道的時候設了結界，阿克婭還是一樣特別擅長多此一舉。她先是離開了夢魔一段距離，然後豎起食指指著她。

「好了，妳認命吧！我現在就用專門對付惡魔的超強大絕招……和真，你是男的，別過來這邊比較好喔！不然小心夢魔操縱你……」

我默默站到夢魔身前，牽起她的手，拉著她往大門方向跑去。

「等、等一下！和真，你幹嘛？她是惡魔喔，是為了和真的精氣而攻進來的惡魔喔。」

阿克婭對我尖銳地大喊。

然後，一開始對於我的舉動還有點反應不過來的惠惠，也舉起了武器，用銳利的視線看向夢魔。

夢魔以只有我聽得見的音量說：

「對、對不起，這位客人！你不用管我了，反正我是怪物！雖然這裡有結界是在我的預料之外，但偷偷站到客人的枕邊，應該是我們最擅長的一件事才對。狀況之所以會變成這樣，完全是因為無法成功入侵的我太不成熟了。我不能讓客人丟臉，就讓她把我當成闖進鎮上的流浪夢魔，解決掉我吧。客人只要裝做什麼都不知道就好！」

而我轉身面對阿克婭她們，並且將對我這麼說的夢魔護在身後。

接著，我順勢將手往後伸，將夢魔朝著大門推了出去。

然後，我對著阿克婭她們舉起拳頭，擺出戰鬥姿勢。

「客、客人？」

就在夢魔輕聲尖叫時。

「……喂，你到底想怎樣？我好歹也是女神，可不能白白放過那個惡魔喔。和真，你不想被圍毆的話，就快點讓開！」

阿克婭皺起眉頭，說出這種和小混混沒兩樣的台詞。

「阿克婭，和真現在恐怕已經中了那個夢魔的誘惑、被控制住了！從剛才開始，和真的行為就一直很奇怪！而且還說什麼夢境如何如何，設定怎樣怎樣的事情，所以八成錯不了！可惡，那該死的夢魔，居然讓我嘗到那麼……那麼屈辱的滋味……！我要宰了她！」

頭髮也沒擦乾，就穿著襯衫和窄裙、打著赤腳衝出來的達克妮絲，對著夢魔如此大喊。

聽她淚眼汪汪地喊著那麼危險的話，讓我差點沒後退幾步。

「和真，你到底在發什麼瘋啊？她再怎麼可愛也是惡魔，是怪物的一種喔。振作一點，那是我們應該打倒的敵人啊。」

惠惠一副受夠了的樣子，帶著冰冷的視線，以強硬的態度這麼說。

她的視線讓我有點心痛，但我不能就此讓步。

我把手伸到背後，對著夢魔揮了揮，示意要她趕快離開。

看見我這麼做，阿克婭向前踏出一步，蹲低身子，擺出架勢。

「看來，我得跟和真在此認真一決勝負了……！很好，放馬過來啊！我就先把和真打得滿地找牙，然後再送那個夢魔歸西！」

然後，她在如此吶喊的同時，朝我衝了過來。

夢魔見狀，悲痛地輕聲慘叫。

「客、客人——！」

有種東西絕對不能辜負。

那就是信任我、將秘密告訴了我的朋友們，對我的信賴。

有種東西一定得保護。

那就是當寂寞男子們產生可悲的慾望時，願意滿足我們、躲在我背後的善良惡魔。

我緊緊握住拳頭。

「放馬過來吧——！」

我以響徹整個豪宅的音量，熱血沸騰地吶喊著。

8

「……………」

感受著背後那個不發一語的視線，我蹲在庭院的角落，默默埋頭工作著。

我正在清理墳墓，最近這已經是我每天必做的事情了。

「吶，妳好歹說句話好嗎。應該說，在那種狀況下還跟著氣氛行動的妳也有問題吧。」

「……！………」

在我背後的達克妮絲，一瞬間似乎想對我說些什麼，卻又吞了回去。

達克妮絲從剛才就交疊著雙手，不發一語地站在我背後，害我非常難做事。

在那之後，雙拳難敵六手的我被痛扁了一頓，但至少成功讓那個夢魔女孩逃走了。

然後，達克妮絲認為我當時是受到夢魔操控，剛好給了我一個台階下。

「………昨天晚上的事情，你真的都不記得了嗎？因為你是遭到那個夢魔操控，所以都不記得了，對吧？」

達克妮絲終於開了口，再次如此確認。

「是啊，很遺憾的，我什麼都不記得了。我只記得自己作了一場好夢。」

既然她都幫我搭了台階，我當然就順勢走下來了。

這樣對我們雙方都好。

「這、這樣啊。那就好……嗯，這也是無可奈何的事。那只能算是一種意外，我也忘掉好了……不過，那時候的你頗為強勢，雖然有點可怕卻也還不壞。只是擅自胡亂灌輸不諳世事的我，那些有的沒的事情，就不太可取了。」

「應該說，妳又不是真正的不諳世事的富家千金，多吸收一點常識好嗎。再說了，無論怎麼想，這次的事情我都沒有任何一點錯吧。我點了油燈，也掛了入浴中的牌子，要不是不

知道打哪來的傢伙惡作劇……」

「……等、等等，我看你其實是記得昨天晚上的事情吧？那些舉動，真的是因為受到夢魔所操控的嗎？」

達克妮絲從背後抓住我的肩膀用力搖晃，然而我沒有搭理她，繼續默默地清理墳墓。

不知道到底是哪來的傢伙那樣惡作劇，不過，我稍微有點感謝他這麼做。

無論如何，這樣一來生活的基礎終於備齊了。

只要食衣住有了，剩下的問題總是會有辦法解決。

我來到這個世界這麼久，現在終於得到了安居之所了。

今晚應該可以睡得非常安穩吧。

沒錯，只要沒有這段轟動整個城鎮、破壞了一切的廣播的話——

『毀滅者警報！毀滅者警報！機動要塞毀滅者目前正在接近這個城鎮！請各位冒險者立刻全副武裝，前往冒險者公會！另外，鎮上的各位居民，請立刻前往避難——！』

第五章

1

讓蠻橫的要塞燃起終焰！

我回到豪宅中時，那裡已經充滿了混亂與驚叫。

「快逃！逃得越遠越好！」

驚慌失措的阿克婭這麼說著，還到處跑來跑去，撞翻了好多東西。

一旁已經收拾好行李的惠惠，身邊只放了一個小包包，一副已經看開一切似地喝著茶。

「事到如今再怎麼手忙腳亂也無濟於事啦。既然包含住的地方以及一切的一切都會失去的話，那還不如直接去魔王城踢館吧。」

原本打算回房間做好全副武裝之後就去公會的我，看著她們兩個人，不禁啞然。

「呃……妳們怎麼了，這是怎樣？公會發出緊急廣播耶，還不快全副武裝一起過去。」

聽見我說話，她們兩個人這才發現我的存在的樣子。

「和真，你在說什麼傻話啊？難不成你想對付機動要塞毀滅者嗎？」

阿克婭傻眼地這麼說。

一隻手還小心翼翼地抱著枕頭。

應該說，我也才剛聽到緊急廣播，根本不知道這狀況是怎麼回事。

聽播音員的聲音那麼慌張，倒是能知道正在接近的東西相當不妙就是。

「和真，目前正在逼近這個城鎮的，是號稱經過之後除了阿克西斯教徒之外，連一根草都不會剩下，最凶惡的超級懸賞目標，機動要塞毀滅者。如果想跟那個東西戰鬥，說你魯莽也不為過喔。」

「吶，為什麼要把我可愛的信徒說成那樣？之前維茲也說過類似的話，為什麼妳們會那麼害怕那些孩子呢？他們全都是很正常的乖孩子啊！」

姑且不管阿克婭的鬼吼鬼叫，光聽惠惠的說明我還是沒什麼概念。

應該說，之前我就不時聽到這個名稱，但機動要塞到底是什麼？聽起來好像很大就是。

「惠惠的爆裂魔法對付不了那個東西嗎？名字聽起來感覺好像很大，遠遠看就知道在哪裡了吧。用魔法一舉轟掉不行嗎？」

對此，惠惠表示：

「不行，毀滅者備有強大的魔力結界。爆裂魔法的話，想必擋下一兩發也不成問題。」

那個毀滅者到底是何方神聖啦。

「吶，我的信徒真的都是乖孩子！惠惠，妳聽我說啦！坊間流傳的那些負面流言，全都是壞心的艾莉絲教徒刻意造謠！大家都對艾莉絲過度美化了，別看她那樣，其實也有很多素行不良的時候喔！面對惡魔的時候比我還要不講情面，個性也相當自由奔放！搞不好她在有空的時候，還曾經來地上玩耍呢！阿克西斯教！請多支持阿克西斯教！」

「阿克婭，妳平常以女神之名自稱還不滿足，現在甚至說起艾利絲女神的壞話來了，小心遭天譴喔。」

「不是自稱啦！妳相信我好不好──！」

我環顧四周，發現達克妮絲不見人影。

「奇怪，達克妮絲跑哪去了？她應該在我之前就先回來了才對啊。」

我這麼問著被哭喪著臉的阿克婭猛力搖晃的惠惠。

「衝回房間了喔。」

怎麼個個都這樣！

我是不知道毀滅者是什麼東西，但這個城鎮有我們好不容易才弄到手的房子啊。

常去的店也越來越多了，更重要的是，我在這個城鎮還有未完成的事情。

昨天因為阿克婭設下的結界而以失敗告終，但下一次我一定要……！

不如說，如果沒有這些原因，我才不會甘願被債務束縛，早就落跑到別的地方去了吧。

沒錯，那些善良的惡魔不見得會在其他城鎮再次做起那門生意，而且經營起來也不見得會像在這個城鎮時一樣順利。

總之我得先準備好武裝，往公會移動才行……！

「……我動作太慢了！……嗯？怎麼了，和真，快點去準備啊。以你的個性，一定也會去公會對吧？」

從二樓走下來的達克妮絲，身上穿著我未曾見過的重型武裝，一看見我就這麼說。

達克妮絲身上除了平常的全身鎧甲之外，還披了鎖鏈編成的沉重披風，左手的手甲上甚至裝了拆卸式的盾牌。

武裝成這樣還是不戴頭盔，應該是她身為女性不肯讓步的部分吧。

她似乎不是為了逃跑才回房間整理行李，而是回去拿裝備。

果然，好歹也是個聖騎士。

看來她不可能選擇丟下鎮上的居民而自己逃跑。

「喂，妳們兩個，跟這傢伙好好學習！在這間豪宅、這個鎮上住了這麼久，妳們都沒有一點感情嗎！快，準備去公會了！」

「……和真，你今天怎麼那麼熱血沸騰啊？眼睛深處的光彩也太閃亮了一點。應該說，我們住進這間豪宅也不過才一天而已耶……」

2

「喔！你果然來啦和真！我就知道你一定會來！」

全副武裝的我走進公會，就看見同樣重裝備的達斯特。

我也相信你們一定會來這裡啊。

奇斯、泰勒和琳恩也在他身旁。

我重新環繞了一下公會內部。

各式各樣的冒險者，都各自帶著他們所能想到最強的重裝備趕來這裡。

他們一定也很喜歡這個城鎮吧。

總覺得男性冒險者的比例好像比較高，一定是我多心了。

應該說，我見過的人大致上都在。

遠方還可以看見和我一樣來自地球的魔劍士御劍的身影。

他好像還沒發現我，不過我也不希望他跑來糾纏。

還是低調點，別讓他發現好了。

……於是，在冒險者集合得差不多了之後。

「到場的各位！非常感謝各位響應今天的緊急廣播！接下來，我們即將舉行討伐機動要塞毀滅者的緊急任務。這個任務不分等級和職業，希望各位都能夠參加。公會判定任務無法繼續進行時，將會捨棄整個城鎮，所有人一起逃跑。各位是守護這個城鎮的最後一道防線。那就萬事拜託了！」

在喧嚣嘈雜的公會內，職員扯著喉嚨這麼說。

然後，職員們將作為酒吧的部分桌子推到公會的中央，佈置出類似臨時會議室的空間。

喔喔，這種氣氛真是非比尋常啊。該怎麼說，有種非常緊迫的感覺。

這表示毀滅者就是如此不妙啊。

「那麼，到場的各位，現在開始舉行緊急作戰會議。請各自就座！」

我們遵照職員的指示，和其他冒險者一樣坐到位子上。

不過，這裡到底有多少人啊？

雖然說公會的空間很大，不過聚集在這裡的已經不下數百人了吧。

坐到桌邊後，其他冒險者們的臉孔都可以看得一清二楚。

……呃，御劍發現我們了。

他直直盯著坐在我隔壁閒得發慌，玩起杯子裡的水的阿克婭。

「那麼，首先由我說明目前的狀況！呃……首先，有哪位需要先從機動要塞毀滅者是什麼這點開始說明的嗎？」

聽職員這麼說，包括我在內的幾位冒險者紛紛舉起了手。

職員見狀，點了一下頭，開始說：

「所謂的機動要塞毀滅者，是一具超大型的魔像，原本是魔道技術大國諾伊士建造來對抗魔王軍的兵器。這個動用國家預算，挹注鉅款所建造出來的巨大魔像，外觀上呈現出類似蜘蛛的外型，尺寸有一座小城堡那麼大。並使用了大量的魔法金屬，讓他足以憑藉著那遠輕於外觀的重量，用八隻巨大的腳跑出超越馬匹的速度。」

看來毀滅者真的相當知名，幾乎所有冒險者都是一副早就知道的樣子，頻頻點頭。

「特別值得一提的，就是那巨大的軀體和進攻速度。要是被那速度驚人的八隻腳踩中的話，就連大型怪物也會變成絞肉。然後，那個軀體運用了諾伊士國的魔道技術的結晶，隨時張設著強大的魔力結界。因此，魔法攻擊根本不具意義。」

聽到這裡，冒險者們的表情微妙地變得越來越陰沉。

大概是因為逐漸了解到自己想挑戰這種對象，是多麼魯莽的事情了吧。

「魔法無效，所以只能靠物理攻擊……可一旦接近又會被壓扁。因此，能夠使用的只剩下弓箭和投石等遠距離攻擊……不過，那基本上是魔法金屬製的魔像，弓箭首先就會被彈開；至於攻城用的投石器，以機動要素的速度來說，恐怕很難派上用場。而且那具魔像的身體部分，為了防範來自空中的怪物攻擊，而配置了自立型的中型魔像，會使用小型弩砲擊落飛向機動要塞的物體。同時，身體部分的上方也配備了戰鬥用的魔像。」

……喔喔。

「然後，機動要塞毀滅者之所以會失控……據說是因為研究開發的負責人，占據了那個機動要塞。然後，那位研究員目前也還在機動要塞的中樞部位對魔像下達指示……由於其速度驚人，這個大陸幾乎已經沒有他還沒搗亂過的地方，蜘蛛般的八隻腳能夠踏遍任何惡劣的路況。目前為止，無論是人類還是怪物都一視同仁、加以蹂躪的機動要塞，那就是毀滅者。毀滅者接近時，目前公認唯一的應對方法，就是捨棄城鎮，等待毀滅者經過，然後再次重建城鎮。可以說是視同天災來處理了。」

剛才還七嘴八舌的冒險者們，現在都變得鴉雀無聲。

「目前，機動要塞毀滅者正在這個城鎮的西北方向，朝著這邊直線進攻……那麼，請各位發表意見！」

ＧＧ了啊。

浮現在我腦中的感想就是這樣。

……這時，某位冒險者舉起手說：

「……請問，那個魔道技術大國諾伊士怎麼了？製造出那個東西的國家，應該有辦法製造出足以匹敵的東西才對吧？還有，他們說不定會知道機動要塞的弱點……」

「滅亡了。毀滅者失控時，第一個被滅掉的就是那個國家。」

「……還有其他意見嗎？」

職員如此催促。

於是，又有別的冒險者舉起手說：

「對付那種東西，在城鎮周圍挖個巨大的陷阱之類……」

「試過了。曾經有地方聚集了多位『元素大師』，驅使地之精靈，臨時挖了一個巨大的地洞，成功讓毀滅者掉了進去。到此為止是很順利……但是毀滅者的機動性能非同小可，竟然用那八隻腳跳出地洞。原本他們的作戰計畫還有丟岩石下去封住地洞的步驟，但根本來不及行動。」

「…………」

現場頓時陷入一片靜默。

「……還有其他意見嗎？」

又有一位冒險者舉起手說：

「魔王軍的那些傢伙是怎麼對付的呢？魔王城沒有遭到蹂躪嗎？他們是怎麼保護自己免於遭受毀滅者攻擊的啊？他們應該也很傷腦筋才對吧。」

「那座城堡設有強大的魔力結界，規模大到以人類的能力難以張設的程度。目前，魔王城似乎沒有受到損害，所以他們也沒打算破壞毀滅者。對於他們而言，野生的怪物遭到蹂躪，也不足以讓他們掛心吧。」

職員平靜地說了：

「還有其他意見嗎？」

3

後來又冒出一堆這樣也不對那樣也不行的意見，會議進行得相當不順利。

有人提出要不靠繩索或其他工具攀上機動要塞並硬闖進去，就有人以速度太快根本不可能為由而反對。

有人提出要不建造一個比毀滅者還要巨大的路障，職員就舉出毀滅者曾經有繞過障礙物之後，再回頭將城鎮夷為平地的例子，讓現場又回到了一陣靜默。

魔法無效，靠近過去會被踩扁，空中攻擊也會被擊落。

而且這些攻擊舉動的速度都非常迅速。

原來如此，也難怪阿克婭和惠惠會想逃。

不知道是不是因為這場不順利的會議而生感厭煩，坐在我們這一桌旁的泰勒說：

「喂，和真，你的腦袋那麼靈光，有沒有什麼好主意啊？」

居然丟了一個這麼難接的球給我。

問我也沒用啊……

我能想得到的方法也只有叫惠惠從遠方轟炸而已，但是這招在知道有結界所以魔法無效的時候就已經……

…………

有結界，所以魔法無效。

我轉過頭去，看向坐在我旁邊，拿著杯子裡的水在桌子上畫畫打發時間的阿克婭。

「喂，阿克婭。據維茲所說，就連設在魔王城的魔力結界，即使還有兩三個魔王軍的幹部在維持，憑妳的力量也能破解，對吧。既然如此，那毀滅者的結界應該也…………哇喔！這是啥啊——！」

話說到這裡，我的目光就被阿克婭在桌上只用水畫出的作品吸引去了。

這絕對可以稱得上是藝術作品，毫無疑問。是一幅美麗的天使拿著花嬉戲的畫啊……！

「對喔，這麼說來她是有這樣說過。但是沒試過我也不知道喔，我無法保證一定可以破解結界。」

說著，阿克婭毫無遲疑地將杯子裡的水潑在那幅水畫成的作品上。

「啊啊！太可惜了，幹嘛弄掉啊！」

「幹、幹嘛突然大叫啊。當然是因為畫完了才弄掉，然後再畫新的……」

當我們說著這些時，職員大喊：

「有辦法破解嗎！破解毀滅者的結界？」

這句話，讓我和阿克婭成為冒險者們目光的焦點。

我連忙直揮揮手。

「不，只是說不定可行而已，她也說無法保證。」

聽我慌忙地解釋，整個公會開始沸沸揚揚了起來。

然後……

「總之，能不能請你們姑且一試呢？如果成功的話，就可以用魔法攻擊……！啊，不過，對付那個機動要塞，低階的魔法起不了作用。這個城鎮全都是新進冒險者，憑這裡的魔法師，火力不知道夠不夠……」

職員再次開始煩惱，現場又陷入一片靜默。

這時，某個冒險者冒出了一句話。

「不是有個火力很強的在嗎，那個腦袋有問題的。」

此話一出，公會內又沸沸揚揚了起來。

「對喔，那個腦袋有問題的……！」

「有那個有問題的女孩在……！」

「喂，等一下，如果你們是在指我的話，就別再這樣通稱我了，好嗎？不然的話，我現在就立刻在這裡證明，我的腦袋是多麼有問題。」

見惠惠拿著法杖站起來，冒險者們一起別開了視線。

魔王軍幹部貝爾迪亞，還真是遺禍不淺啊。

都是因為那個傢伙說惠惠是「腦袋有問題的紅魔族女孩」，於是這就變成了冒險者之間對她的固定稱呼的樣子。

因為一時氣不過而站了起來的惠惠，在眾人期待的目光當中，臉變得越來越紅。

「嗚嗚……即、即使是吾的爆裂魔法，可能也無法一舉……收、拾掉……」

她咕咕噥噥地這麼說著，然後又坐了下來。

既然如此，至少還要一個人。

只要再來一個會用強力魔法的人……

——就在公會內瀰漫著這樣的氣氛時，突然有人打開了入口的門。

「不好意思，我來晚了……！我是維茲魔道具店的老闆。原則上我也具備冒險者的資格，請讓我也略盡棉薄之力……」

跑進公會裡來的，是黑長袍外面還穿著店裡用的圍裙，看起來像是工作到一半，連忙衝出來的維茲。

這身打扮看起來，簡直像是來幫忙做外燴的廚娘。

而看見維茲的冒險者們……

「是店老闆！」

「窮老闆來了！」

「店老闆，平常在那間店讓我作的夢境中多謝妳的照顧！」

「店老闆來了！贏定了！這下贏定了！」

瞬間歡聲雷動。

我知道維茲是巫妖。

但是，冒險者們這種「贏定了」歡呼是怎麼回事？

「為什麼維茲這麼有名啊？看大家這麼喜歡她，到底是怎麼回事？應該說，別叫人家窮老闆好嗎？很可憐耶。她那間店的生意那麼慘澹嗎？」

我如此問著坐在附近的泰勒。

「你不知道嗎？維茲小姐原本是個非常出名的魔法師。她原本是一位遠近馳名的超強大法師，退休之後消失了一段時間，結果突然出現在這個城鎮開起店來。維茲小姐的店之所以經營不起來，是因為這個城鎮多半都是新進冒險者，用不到維茲小姐店裡那些昂貴的魔法道具。要是她的店開在首都的話，應該會多點需求才對。我們又不會和強敵戰鬥，根本用不到那些昂貴的藥品和超高單價的魔道具。大家只是為了看一下美女老闆，偷偷跑去偷看店裡，都沒買東西而已。」

不，既然都去偷看人家了，就好歹買點東西好嗎。

「大、大家好，我是老闆，維茲魔道具店還請大家多多關照了……我是老闆，謝謝各位，請各位多多光顧，我的店好像又要虧錢了……！」

這麼說著，維茲不停向歡呼的冒險者們點頭致意。

下、下次去買點東西好了。

「維茲魔道具店的老闆，好久不見！我謹代表公會的全體職員歡迎您！來，這邊請！」

在職員的帶領之下，維茲向身邊的人點頭致意，在位於中央的桌子旁邊坐了下來。

維茲就座之後，冒險者們都以期待的眼神看著主持會議的職員。

職員也呼應了大家的期待，並說：

「那麼，既然店老闆也蒞臨現場了，我們繼續擬定作戰吧！那個，因為店老闆才剛到，我先整理一下目前的狀況……首先，由大祭司阿克婭小姐解除毀滅者的結界。然後，由腦袋有……由惠惠小姐對失去結界的毀滅者施展爆裂魔法，目前我們討論到這邊。」

維茲聽了之後，把手放在嘴邊，沉思了一下。

「……用爆裂魔法破壞腳部應該比較好吧。毀滅者的腳部在主體的左右各有四隻，就由惠惠小姐和我分別從左右以爆裂魔法攻擊，如何？只要設法處理掉機動要塞的腳，剩下的部分總會有辦法解決才對……」

對於維茲的提議，職員也不住點頭。

應該說不愧是巫妖，連爆裂魔法都會用啊。

的確，只要設法處理掉腳部，那就不能算是機動要塞，也就不用擔心城鎮遭到蹂躪了。

而主體既然配備了魔像，那麼危險，我們也不用特地派人上去。

毀滅者動彈不得之後，只要派人好好監視，看是要拿來當惠惠的一日一爆裂標靶或怎樣都好，總之慢慢攻略就可以了。

至於據說還待在要塞內部、占據了要塞的開發負責人，每天像這樣被魔法轟炸的話，說不定過一陣子就會自己出來投降了。

之後，我們以維茲的提議為主，組織了作戰計畫。

為了預防萬一，明知不太可行，還是加入了在城鎮前方設陷阱、建路障等方案。

「那麼，計畫就是解除結界之後，以爆裂魔法攻擊腳部。為了因應萬一無法徹底破壞腳部的狀況，各位屬於前鋒職業的冒險者，請裝備巨鎚等武器，在毀滅者預計經過的地點周圍待命，準備攻擊魔法未能完全破壞的腳部，並將其徹底破壞。開發毀滅者的研究員被認為就在要塞內部的樣子，難保他不會採取行動。為了預防萬一，公會將準備對主體進行攻堅用的綁繩箭，請弓手裝備。至於輕裝備的各位，請準備好隨時對要塞發動攻堅！」

負責主持會議的職員如此統整了作戰計畫，並對所有人作出了指示。

4

城鎮前方，不只冒險者們，連鎮上的居民也聚集到這裡，馬不停蹄地搭建臨時的路障。

我和阿克婭剛來到這個城鎮的時候，很照顧我們的土木公司的工頭，也在進行工程的群眾之中。

迎擊毀滅者的預定地，是城鎮正門前的平原。

明知沒有用，但屬於能夠設置陷阱的職業的冒險者，依然佈置著簡便的陷阱。

在城鎮前方的路障前，一群屬於「創造者」這種職業的人，聚集在那頭議論紛紛、爭執不休，同時在地面上畫著魔法陣。

「喂，達克妮絲。我這麼說是為妳好，妳還是乖乖退下吧。我知道妳的防禦力有多堅固，但是無論如何這也太勉強了，妳站在那裡也派不上任何用場。這種時候還是放下妳那無藥可救的興趣，和我一起退到路邊去吧。好不好？」

而我在比位於城鎮正門前的路障更前面的地方，不斷說服站在這裡不肯走的達克妮絲。

這個變態十字騎士說要站在這裡不肯走，怎麼勸也勸不聽。

達克妮絲將新買的大劍插進地面，雙手放在劍柄上，望著遠方，遙想尚未現身的毀滅者，動也不動。

原本默不作聲、動也不動的達克妮絲，總算開了口說道：

「和真……都怪我平常的行為如此，讓你會那麼認為，我也莫可奈何……但是，你真的覺得我是那麼忠於自己慾望的女人，就連在這種緊急情況之下也是嗎？」

「真的覺得啊，那還用說嗎。」

達克妮絲瞬間頓了一下，接著稍微紅著臉，平靜地說了下去：

「……我可是聖騎士。而且，除此之外，還有其他理由促使我保護這個城鎮。或許，將來有一天我會告訴你那個理由吧。」

以眼角餘光看見我點了點頭，達克妮斯繼續說：

「現在我還不能說，但我有義務要保護這裡的居民。這個城鎮的居民或許不這麼覺得，但至少我自己是這麼認為。所以……無論這麼做是多麼亂來，我都不會離開這裡半步。」

「妳有時候真的很頑固耶，任性到不行。」

聽我傻眼地這麼說，達克妮絲露出有點困惑、有點不安的表情說：

「……你不喜歡頑固又任性的同伴嗎？」

「某個大祭司要任性的時候，是讓我聽了就很煩躁、很想扁她就是了。不過，如果是現在的妳的這種任性的話，我倒是不討厭。」

聽我隨口這麼說。

「……這樣啊。」

達克妮絲如此低語，看起來稍微放心了些。

5

「我沒辦法說服她。為了保護那個腦袋硬得跟石頭一樣的變態，我們也得確實完成份內的工作才行。」

我在毀滅者迎擊地點旁邊待命的惠惠身邊蹲下，對略顯緊張的她這麼報告。

「這、這這、這樣啊……！我、我得好好加油！我、我我我、一定得成功才行……！」

「喂、喂，妳冷靜一點啊。要是苗頭不對的話，我會用『Steal』硬是剝光她那身重裝備，再靠蠻力拖著變輕的她逃走！」

——更令人擔心的是……

「喂，妳頭上在冒煙耶，行不行啊？這是哪招？想在我面前賣弄娛樂才藝嗎？」

「不、不是的，阿克婭大人……這是因為，今天天氣這麼晴朗，經過太陽長時間曝曬，我就會變成這樣……」

隔著迎擊地點的另一邊，阿克婭和維茲蹲在那裡，不知道在說些什麼。

我們和阿克婭她們身邊，聚集了拿著巨鎚等打擊武器的冒險者。對付魔像時，打擊武器的效果似乎特別好。

然後，弓手們的弓上也都搭著箭，箭頭呈現鉤狀，箭尾的部分綁著細而牢靠的繩索，為的是準備隨時都可以拉繩索到停止行動的機動要塞上，方便在發生什麼萬一時闖進去。

——經過魔法的擴大，職員的聲音響徹整個平原。

『各位冒險者，機動要塞毀滅者差不多要出現在眼前了。鎮上的各位居民，請立刻往城鎮外面移動，遠離城鎮！那麼，各位冒險者，請準備戰鬥！』

——機動要塞毀滅者。

據說這和冬將軍一樣，都是不知道哪個具備作弊性能的日本人隨便取的名字。

真的很想叫他們不要隨便亂取名字，但聽說見過毀滅者的人，都認為這個名字很貼切。

從遠方的山丘後方，先是能看見露出來的頭。

同時感覺到輕微的震動。

目前還很輕微，但大地確實在搖晃。

「那是怎樣，也太大了吧……」

有人如此自言自語。

確實是很大。

不，和惠惠相處這麼久了，我很清楚爆裂魔法的威力。

所以我更要說。

這個東西……爆裂魔法真的破壞得了嗎？

「喂，這太勉強了吧。真的沒問題嗎？這個根本打不贏吧！」

附近有人慌亂地說。

「「『Create Golem』！」」

創造者們以地面的土製造出魔像。

他們創造出來的魔像紛紛移動到守護著城鎮的達克妮絲後方，排成一列隨伺在她身後。

這個城鎮的創造者全都是菜鳥。

如果想製造出更強的魔像，想要加強力量、增大尺寸，就只能削減魔像的活動時間。

所以，他們才會在這麼接近的時機才開始製造吧。

「好大！而且好快！比想像中的還可怕！」

面對逼近而至的巨大物體，冒險者們陷入一陣恐慌。

「來了——！所有人把頭壓低！絕對不可以跑到毀滅者的前方去，小心被踩扁！」

有人如此吆喝，但老實說，大家都沒有從容到可以聽進去。

眼前的機動要塞具備的壓迫感，就是如此壓倒性地巨大……

「喂，維茲！沒問題吧！真的沒問題吧！」

在距離我和惠惠的待命處有一大段距離的地方，阿克婭一次又一次向站在她身邊的維茲如此確認。

「沒問題，交給我吧，阿克婭大人。再怎麼說我也是巫妖，是最上位的不死怪物之一。只要阿克婭大人能夠打破魔力結界，剩下的就包在我身上！如果失敗的話……大家就一起和樂融融地回歸塵土吧。」

「開什麼玩笑啊！妳開什麼玩笑啊！」

對話的內容聽不太清楚，但我看著在遠方吵鬧的她們兩個，便對在我身邊緊張到渾身僵硬的惠惠說：

「喂，妳冷靜一點。就算失敗了，也沒有人會責怪妳。失敗的時候，只要捨棄城鎮，大家一起逃跑就好了，別想太多。」

這次幾乎沒事可做的我，一派輕鬆地這麼說。

「放放放放、放心、放心吧！吾吾吾、吾將以爆裂魔法、炸、炸炸、炸得灰飛煙滅！」

惠惠結結巴巴地對我說。

不過，這也沒辦法。不只惠惠，在場的眾多冒險者幾乎都是菜鳥。

「要來了——！準備戰鬥——！」

這個聲音是泰勒吧。

指示阿克婭施放魔法的時機和指揮現場的工作，不知為何都交給了我。

公會的職員還給了我類似擴音器的魔道具，以便下達指示。

這次作戰計畫的主要人物是我，據說是因為我是阿克婭和惠惠的小隊隊長之故。

此外，大概也和泰勒對公會的職員灌輸了各種觀念有關吧。

不知不覺間，毀滅者已經接近到不遠的前方了。

要不是他們把指揮現場的工作交給了我，要不是達克妮絲堅持不肯離開的話，我現在或許已經棄守逃跑了也說不定。

上面的部分像航空母艦的甲板一樣平坦，平坦處的上方又像寄居蟹一樣托著看似要塞的建築物，此外甲板部分到處都搭載了弩砲，外型如同蜘蛛的巨大魔像。

——機動要塞毀滅者。

不同於這個不正經的名字，那個尺寸相當於一座小城堡的巨大機動要塞，完全不把我們設下的無數陷阱當成一回事，逕自地踐踏著地面，發出巨響……

「阿克婭！就是現在，動手！」

為了蹂躪我們居住的城鎮，他往迎擊地點衝了過來！

「『Sacred Spell Break』！」

阿克婭隨著我的口令施展出魔法。

只見阿克婭身邊浮現複雜的魔法陣，她的手上也浮現出一個白色的光球。

阿克婭將托著光球的手向前伸出，並朝著毀滅者射擊而出。

飛射而出的光球在接觸到毀滅者的同時，那巨大的軀體表面瞬間冒出一層薄膜狀的東西來抵擋光球，但隨即像是被打破的玻璃一般，碎成一片又一片。

握著法杖、微微顫抖的惠惠，像是在請求我的指示，一臉不安地抬頭看著我。

剛才那種被打散的薄膜，大概就是魔力結界吧。

既然如此，魔法應該起得了作用了才對。

我對著擴音器大喊：

『維茲，拜託妳了！請妳炸掉那一邊的腳！』

對維茲作出指示之後，我接著對緊張得發抖的惠惠說：

「喂，妳對爆裂魔法的愛是不是真的啊？妳這個傢伙平常開口就是爆裂來爆裂去的，要是輸給維茲會很難看喔。難道妳的爆裂魔法，是連那種東西都破壞不了的弩腳魔法嗎？」

「你、你說什麼！你剛才說的，可是比愚弄吾的名字還要不應該對我說的話喔！」

嘴角因憤怒而抽搐的惠惠猛然站了起來。剛才的緊張都不知道拋到哪裡去了，只見她灌注全副心力，朗聲詠唱……！

在毀滅者隨著巨響，從我們待命的地點前面經過之際。

過去，號稱超強大法師，目前則是因生意清淡所苦的小魔道具店老闆的巫妖。

以及現在，號稱腦袋有問題的爆裂女孩，將一切獻給唯一一招魔法的，紅魔族首屈一指的大法師。

兩人的最強攻擊魔法，往堅不可破的懸賞對象射出。

「「『Explosion』——！」」

——兩人完全在同一時間施展出魔法，將機動要塞的腳破壞殆盡，一根也不剩！

6

突然失去腳部的機動要塞，伴隨著非同小可的地鳴及巨響落地，底部撞上了平原之後，遵循著慣性定律順勢就往城鎮滑行。

不斷滑行的巨大物體沒有撞上城鎮前方的路障，並在最前線的達克妮絲眼前停住了。

隨著爆炸聲碎裂的腳部變成碎片，從冒險者們頭上掉落下來。

而由維茲負責處理的另外一邊，或許是因為炸到連碎片也不剩了，因此幾乎沒有任何東西從天而降。

但是，我們這邊就零零星星地落了幾塊有點大的碎片下來。

這就表示……

「唔嗯嗯……太、太遺憾了……不愧是巫妖。看來，想要贏過維茲的爆裂魔法，我的等級還差得遠了……」

趴倒在地的惠惠如此喃喃自語，似乎心有不甘。

我抱起那嬌小的身體，在我的攙扶之下，耗盡魔力，一臉蒼白的惠惠說：

「我、我不甘心……下、下一次……下一次我一定要……！」

「好乖好乖，妳已經做得很棒了。對方可是窮究魔道的巫妖耶，贏不了她才是理所當然，下次再加油就好啦。妳看，我們的目的已經達成了，辛苦妳了。」

我原本打算帶她到樹下躺著休息，但一臉蒼白的惠惠硬是扒著我不放。

「再一次……！再給我一次機會！我一定要證明，我的爆裂魔法才是最強……！」

「放、放手啦，別這樣！不准拉我的褲子！我知道了，論爆裂魔法妳確實是最強！一定是因為那個啦，只是因為妳剛才的狀況不太好而已吧！好了，等妳的魔力恢復之後，我再好好欣賞妳的爆裂魔法，所以妳給我乖乖待在安全的地方休息！」

我把惠惠拖到樹蔭底下，讓她躺在地上。這時，在其他冒險者們依然抱著頭躲避落下的碎片之際，阿克婭和維茲來到我身邊。

至於達克妮絲，她絲毫不在意落下的碎片，就連眼睛也沒閉，更沒有移動半步。

我再次抬頭看著毀滅者巨大的軀體時，失去腳部的巨大要塞依然保持著沉默。

如雨水般落下的碎片大致平息之後，終於能夠冷靜下來掌握狀況的冒險者們，紛紛發出「喔喔……」的感嘆之聲。

但是，如果事情有這麼容易解決的話，我們就不用那麼辛苦了。

這種時候應該謹言慎行，避免照例冒出「成功了嗎？」之類的台詞立起旗標，繼續保持警戒，所有人要一起慢慢鞏固包圍網，絕對不可勝而驕矜……！

「成功了！什麼嘛，我還想機動要塞毀滅者這名字那麼誇張，真是大失所望。好了，我們回去喝酒吧！再怎麼說，這也是滅掉一個國家的懸賞對象，不知道報酬到底有多少喔！」

「妳這個白痴！為什麼妳就這麼喜歡落入這種俗套啊！要是隨便說出這種話……！」

聽阿克婭如此脫口而出，我拚命阻止她。

……但，好像已經太遲了。

「……？怎、怎麼搞的，怎麼會有這陣地鳴……」

和阿克婭一起走過來的維茲，不安地仰望巨大的機動要塞。

這陣彷彿連大地都在搖晃的震動，震央顯然是毀滅者。

冒險者們也紛紛不安地仰望機動要塞。

這時，突然間。

『本機已經停止機動。本機已經停止機動。無法排熱以及消耗機動能量，機組員請盡速離開本機，逕行避難。本機已經……』

機動要塞內部傳出的這段機械式語音，重複了一次又一次。

「妳看啦！妳這傢伙，每次成了一件事，就一定得敗一件事來扯後腿才甘心嗎！」

「等一下！等一下啦！這又不是我的錯！我這次什麼事都還沒做啊！」

7

在毀滅者當中的語音重複了無數次避難命令之際，我將附近的冒險者們召集了過來。

「喂，這段警告是怎樣？繼續待在這裡是不是不太妙啊？」

有個冒險者這麼說。

我也這麼覺得。應該說，在場的所有人都察覺到了吧。

「雖然只是猜測，但我覺得再這樣下去大概會爆炸吧，以這種狀況來說。」

聽我這麼說，在場的冒險者們表情一僵。

要是如此巨大的要塞爆炸了，真不知道會造成多麼嚴重的災情。

就連要塞的動力來源是什麼都不知道，我們也沒辦法進一步處理。

真要說有什麼我們辦得到的事情，也只有趕快開溜了……

然而，我們家那個頑固的十字騎士會願意捨棄這個城鎮逃跑嗎？

不，現在還不確定是不是真的會發生規模大到足以損害城鎮的爆炸。

如果能夠以此為由，說服那個腦袋頑固到不行的女人就好了……！

「店、店面……要是這樣下去真的對城鎮造成災情，店、店就會、就會不見了……」

維茲的聲音聽起來就快哭了。

對她而言，話中指的一定是自己的魔法店吧。

但是……

『本機已經停止機動。本機已經停止機動。無法排熱以及消耗機動能量，機組員請盡速離開本機，逕行避難。本機已經……』

在廣播聲一次又一次響起之際，有人喃喃地說了：

「……我要上。」

那不知道究竟是誰的聲音。

「……我也是。我這才想起來，為什麼自己的等級都已經超過三十了，卻還待在這個新進冒險者的城鎮。」

……居、居然有這種人喔。

不過，我可以理解他的心情。

「不如說，一直以來那間店都以低廉的價格照料我們，如果我們現在沒辦法報恩的話，就沒有以後了！」

…………

在一片靜默當中。

唯一的聲響只有……

『本機已經停止機動。本機已經…………』

——我拿起擴音器，放聲大喊。

「打算攻進機動要塞毀滅者裡面的傢伙舉手——！」

所有冒險者都毫不猶豫地舉起手時，弓手們已經張弓搭起箭頭帶鉤、綁著繩索的箭，往毀滅者射了上去！

弓手具備一種技能，叫作「狙擊」。

這種技能的作用是大幅延伸箭的飛行距離，並且提升命中準確度。

飛行距離經過技能強化的箭，絲毫不受到沉重的箭頭和繩索的影響，輕鬆飛到巨大的毀滅者的甲板上。

鉤狀的箭頭勾住了毀滅者的甲板部分的障礙物。

綁在箭尾的繩索經過拉扯，也呈現緊繃狀態。

冒險者們一個接一個抓住了繃緊的繩索，沿著繩索往上爬。

我想，對現在的他們說著，幹嘛穿著鎧甲攀繩索、舉止根本超乎人類所能，或是哪來那種體力之類的話，應該也只是不識趣而已吧。

終於，第一個抓住繩索的冒險者，搶先登上了甲板。

緊接在後的人也陸續抵達，簡直就像一直以來的鍛鍊都是為了這一天似地，大家帶著異常高昂的士氣大喊：

「「「攻進去啊——！」」」

冒險者們像是一群山賊在攻擊毫無抵抗能力的小村莊似地如此怪叫著，一個接一個攻進了巨大的要塞！

「嗚、嗚哇……和真，我有點不太敢加入那群人耶……照那個樣子看來，我想交給他們就可以了。我們回去吧？我們先回去，明天繼續加油好了。」

看著異常亢奮的眾人，阿克婭反而害怕起了冒險者們，拉了拉我的袖子這麼說。

但是，我可不能這麼做。

我的同志、我的同伴們都在上面戰鬥啊。

「現在怎麼可能回去啊，妳這個白痴。難道妳看不出來，那些勇者們攻進要塞的姿態是多麼英勇嗎！妳的工作應該是正要開始才對吧。不想被當成山寨版女神的話，就好好治療那些勇者。」

我這麼告訴阿克婭之後，便追隨已經攻進要塞的那些人之後而去。

周遭那些射出繩箭的弓手們，現在也都上要塞去了。

我大聲地說：

「達克妮絲，妳的鎧甲太重了，應該爬不上去吧！惠惠就繼續休息！維茲就隨妳自由行動！阿克婭，這個禍是妳闖出來的，給我跟上來！」

「等一下啦！就說我這次什麼事都還沒做啊！」

我抓住繩索時，阿克婭也一臉快要哭出來的樣子跟了過來。

然後，維茲也沿著繩索，跟在我們後面。

我們爬上了甲板，看到的是……

「包圍那些魔像！多幾個人一起上，拿繩索絆倒他們！倒地之後就拿巨鎚敲下去！」

單論眼前的光景，還真看不出哪邊才是侵略者。

這個鎮上的冒險者們應該多半都是菜鳥才對，卻已經有許多小型魔像和戰鬥用魔像遭到他們的破壞了。

「混帳！你在裡面對吧！開門！小心我拿鎚子敲壞這扇門！」

「快點出來！攻擊城鎮的負責人快點給我出來！我要好好教訓教訓你！」

我朝叫罵聲傳來的方向看去，發現幾名冒險者正試圖撬開建築物的門。那裡就是傳聞中占據了這座要塞的負責人閉關的地方吧。

真的是無論怎麼看，都覺得我們這邊才是侵略者吧。

這時……

「大隻的過去你們那邊了——！」

聽見這個聲音，我轉過頭去，看見一具戰鬥用的魔像。

那是個粗壯而巨大、外型有稜有角的人形魔像，看起來簡直像是上個世代的機器人。

正當那具魔像朝我們這邊移動時，其他冒險者們也靠了過來，準備幫我們的忙。

不過，我有對付魔像用的密技。

「喂，阿克婭。讓妳看點精彩的東西，這應該算是技能的有效活用法吧。」

我活動了一下手指，朝魔像伸出手，掌心朝上。

敵人是魔像。

既然如此，只要搶走重要零件，他就動不了了。

我還在日本的時候，某個ＲＰＧ遊戲就是用這招對付機械系的敵人。

沒錯，對機械使用偷竊系的技能，等於是即死攻擊！

我也是每天都在確實地在進步啊！

「『Steal』！」

「等等！和真，慢著……」

或許是察覺到我想做什麼吧，阿克婭尖聲制止我……

但我伸出去的手，已經成功奪取到魔像巨大的頭了。

頭被偷走之後，魔像當然立刻變得動彈不得。

完全如我所料……！

透過竊盜技能確實落到我的右手上的，魔像那頗有份量的巨大頭部，就這樣依循著重力，壓著我的右手直落到地面。

「……呀——！我的手！我的手啊啊啊——！」

我原本的跩臉變成了哭臉，附近的冒險者們連忙把壓在我右手上的魔像頭推開。

「啊啊！你還好吧，和真先生！面對帶著重物的怪物，是不可以用『Steal』的喔！」

維茲如此擔心著我，阿克婭也幫我看了一下右手的狀況。

「阿克婭……骨折了吧，這肯定骨折了吧。」

「連一點小裂痕也沒有啦。我姑且對你用一下『Heal』，不過你還是別太得意忘形，不要繼續做傻事喔。」

唔，簡直是奇恥大辱！

「打開了——！」

冒險者們拿巨鎚敲壞了那個要塞般的建築物的門，就這樣魚貫闖進建築物裡面。

現在的他們，已經是無所畏懼了吧。

大家絲毫不在意響個不停的警報，也不管小隊編制，一個接著一個衝了進去。

我們也跟在那些可靠的冒險者身後，進到裡面。

裡面好像也有好幾具魔像，但冒險者們已經非常有效率地將它們破壞了。

……平常明明就像一盤散沙似地，看來團結起來的冒險者才最可怕。

我們抵達建築物的最深處之後，發現某個房間前面聚集了一堆人。

那群人的表情全都非常鬱悶，不知道先前那麼亢奮的情緒都消失到哪去了。

「……喔，和真。你來得正是時候……快看這個。」

這麼對我說的，是站在房間中央的泰勒。

而泰勒的表情也有些落寞，顯得不太開心。

仔細一看，他好像指著某個東西……那是已經化為白骨的人類骨骸。

占據了機動要塞的研究員，在充滿魔像的這座要塞內，寂寞地坐在房間中央的椅子上。

我把阿克婭叫了過來，要她進到房間裡。

然後，我默默指了指白骨，但阿克婭搖搖頭說：

「他已經升天了。別說變成不死怪物，就連一點留戀也沒有，很是乾脆爽快。」

…………

乾脆爽快？

「不，好歹也有些留戀吧。照這樣看來，無論怎麼想他都是一個人孤單死去的啊……」

在我這麼說時，阿克婭好像找到了什麼。

是埋在桌上雜亂的文件當中的一本手札。

阿克婭拿起那本手札之後，大家也都很識相地閉上了嘴。

在冒險者們的注視之下，唯一響著的聲音只有機械式的警告語音。

在這樣的狀況之下，阿克婭開始朗讀那本手札——

「——○月×日。國家的高官給我出了一個難題，居然要我以這種預算製造機動兵器。

根本不可能。但是抗議也不聽進去，即使哭著道歉、千拜託萬拜託也沒有用。想要辭職，也不願意接下我的辭呈。我試著假裝自己的腦袋壞掉了，只穿著一條內褲到處亂跑，女研究員卻叫我趕快把內褲也脫了。這個國家大概已經不行了吧。」

……眾人不禁將視線集中到那具白骨身上。

「——〇月╳日。設計圖的期限到今天為止。怎麼辦？總不能事到如今才說還是一片空白吧。誰教我自暴自棄地瘋狂喝酒，把訂金全都喝光了。正當我面對一片空白的設計圖煩惱不已時，紙上突然冒出一隻我最討厭的蜘蛛。我一面慘叫，一面拿起手邊的東西打扁了牠。蜘蛛就這樣糊在製圖紙上了……如今景氣這麼不好，這種高品質的紙也非常昂貴，但是萬一國家叫我賠償我也沒錢。管他的，就這樣交出去好了。」

……呃。在變得相當微妙的氣氛當中，阿克婭繼續唸著手札：

「——〇月╳日。那份設計圖出乎意料地大受好評。『那是我打扁蜘蛛的時候爆出來的漿液耶，你居然敢碰！』這種話我根本不敢講。應該說，計畫一直進行下去了啦，怎麼辦？我做的事情只有打死一隻蜘蛛而已耶，可是這樣的我卻當上了所長，呀呼！」

……我實在很想懷疑這其實是阿克婭隨便編出來的內容，但阿克婭朗讀時的表情卻是非常認真。

「——〇月╳日。我明明什麼都沒做，兵器卻越做越像樣了。這樣根本用不到我嘛，是怎樣？隨便啦，你們愛怎麼做就怎麼做，我要隨心所欲地過我的生活……他們跑來問我動力源怎樣怎樣，我才懶得搭理呢。我一開始就說過不可能了，要動力源的話，就拿那個號稱可以永遠持續燃燒的，傳說級的超稀有礦石——日冕礦石來啊！我這樣嗆了回去。超嗆的超嗆！有本事你們就給我拿過來啊。」

…………

「——○月×日。真的拿來了。怎麼辦？他們真的拿來了啦。還開始設置到動力爐裡面去了，怎麼辦？到底該怎麼辦？我只是覺得反正他們不可能有辦法拿過來才隨口說說，沒想到真的拿過來了。這下子要是不會動的話會怎麼樣？我會怎樣啊？咦，死刑？這下要是不會動的話我會被判死刑吧？你可要動起來啊，算我求你。」

或許是因為我們的視線讓她不太自在……

「——○月×日。他們說明天就要進行機動實驗了，但老實說，我什麼事都沒做，唯一做的事情就是打蜘蛛。今天已經是我最後一天還能這樣大搖大擺地坐在這張椅子上了吧……一想到這裡我就滿肚子無名火。算了，開喝吧。今天是我最後的晚餐了，盡情喝下去吧！今天沒有任何人留在這架機動兵器裡面，所以無論我喝得再怎麼凶、再怎麼發酒瘋，也不會有人罵我。總之，就從最貴的一支酒開始喝起吧！」

阿克婭一面朗讀著手札，一面對於我們的視線感到有點害怕。

「——○月×日。一覺醒來，覺得搖晃很劇烈。是怎樣，現在是怎樣？我到底喝了多少酒啊？一點都不記得了。不，對於昨天的事情我毫無記憶。記得的部分，只到我前往動力源所在的中樞，然後對著日冕礦石說教了一番。不對，等一下。後來，我好像說要測試他的膽識，就拿點燃的香菸往日冕礦石上……」

唸著唸著，阿克婭終於不敢再往我們這邊看。

「——○月×日。我終於知道現況了，而且我完蛋了。目前機動兵器正在失控狂奔中。怎麼辦？他們這下肯定以為是我幹的好事，我現在八成已經變成通緝犯了吧。事到如今，即使哭著道歉，他們也不會原諒我吧……真討厭……他們大概會直接破壞掉機動兵器，把我拖下去處死吧。該死的國王和高官，還有那個脫掉我的內褲卻冷哼了一聲的女研究員，全部是一群混帳！這種國家還是滅亡算了。夠了，酒喝一喝去睡好了。幸好食物和酒都很充足，睡醒之後再想吧。」

最後，不知道是誰用力握緊拳頭，現場都可以聽見肌肉繃緊的聲音了。

「——○月×日。國家滅亡了。糟糕，滅亡了，真的滅亡了！國民和高官之類的人好像全都逃走了。不過，我毀滅了祖國。糟糕，感覺心情好舒暢啊！我滿足了，這樣我就已經心滿意足了。好，我決定了。我就繼續待在這架機動兵器裡面度過餘生吧，反正想下去也辦不到，想停止也辦不到。打造出這種東西的傢伙肯定是白痴……不對！打造出這個傢伙的負責人，就是我！」

唸到這裡就已經是最後了吧，阿克婭一臉傷腦筋地說：

「……以、以上。」

「「「開什麼玩笑啊！」」」

除了阿克婭和維茲以外的人全都異口同聲大喊。

8

「這就是日冕礦石啊。應該說，要怎樣才能把這個東西拿出來啊？」

這裡是機動要塞的中樞部分。

因為太多人進來也無濟於事，於是我和阿克婭和維茲三個人成為大家推派的代表，走進這個房間裡來。

房間中央有顆圍在鐵柵欄裡的小石頭，那就是日冕礦石。

——那顆稀少的礦石，不斷發出有如燃燒的火焰似的紅光。

不過，該怎麼辦呢？無論怎麼想，那顆圍在鐵柵欄裡的礦石都拿不出來。

……原來如此，這是被攻陷時的最後一道防線吧。

從鐵柵欄的間隙當中點火很容易，但要拿走礦石就沒這麼簡單了。

「該怎麼辦呢……啊，對了，我記得好像有個擁有魔劍的傢伙，叫啥來著……」

聽阿克婭說到一半，我忽然靈機一動。

「喂，不用劈開柵欄也沒關係，這樣就可以了吧。即使有柵欄也無所謂，距離這麼近的話……『Steal』！」

「啊啊！和、和真先生！」

維茲不知在大叫什麼時，日冕礦石已經如我所料，穿過柵欄，來到了我的手上。

——而且依然火紅地燃燒著。

「燙燙燙燙燙燙燙燙啊啊啊啊！」

「『Freeze』！『Freeze』！」

「『Heal』！『Heal』！吶……你是白痴啊？和真的腦筋平常明明就很靈光，可是照這樣和剛才對付魔像的時候看來，其實你很白痴對吧！」

唔，好不甘心啊！被阿克婭說成這樣卻無法回嘴！

灼傷我的右掌，差點連我的手臂也燒掉的日冕礦石，在維茲連忙幫我冷卻並剝除之後，掉在她的腳邊。

儘管瞬間受到冷卻，但礦石再次變得火紅……

「情況不妙，沒時間了，看起來就快要爆炸了。該怎麼處理這個東西呢……」

在維茲煩惱時，掉在她腳邊的日冕礦石發出的光芒變得越來越亮。

不知不覺間，那個機械式的警告語音也已經停了。

要塞內所有東西的動力來源，肯定都來自這顆石頭吧。

可是，我根本沒辦法處理這種東西。

不，說得更清楚一點，這個東西已經危險到這裡的任何一位冒險者都沒辦法處理了吧。

能夠驅動如此巨大的要塞，這顆熊熊燃燒的礦石，要說有誰可能有辦法處理的話……

沒錯，遇到事情無法解決的時候求神對了！

「喂，阿克婭，妳有沒有辦法封印這個東西或是怎樣啊？不是經常聽說女神封印邪惡的力量之類的嗎！」

「是經常聽說沒錯啦！但那是電玩裡的設定吧！喂，維茲，妳應該有辦法處理吧！」

這個自稱什麼的傢伙，就這樣很乾脆地把燙手山芋推給自己平常一直想欺負的巫妖。

然而，我原本以為會說沒辦法的維茲卻表示……

「要處理也不是不行……只是我現在的魔力不太夠。不好意思，和真先生，我想拜託您一件事！」

說著，維茲一派認真地把臉湊到我的面前來。

「什、什麼事？」

維茲一副已經走投無路了的樣子，雙手貼到我的臉頰上，拇指輕觸我的嘴角。

然後，她毫不猶豫地說：

「可以讓我吸一下嗎？」

「樂意之至。」

我才不會說「吸什麼？」這種俗氣的台詞。

也不會說類似「在這種時候？」這樣的話。

我可不是會在這種時候驚慌失措或裝傻的遲鈍型角色。

「謝謝！那麼，我要吸了！」

維茲潤澤的雙唇映入我的眼中，我不想注意到都不行。

爸爸、媽媽。我要在異世界轉大人……了……？

「和真先生，抱歉了！『Drain Touch』——！」

「啊啊啊啊啊啊啊啊啊啊！」

「住、住手住手！再吸下去和真就要變成人乾了！」

阿克婭連忙制止維茲，而維茲也在我即將失去意識之際放開了手。

真是大失所望。

不，我大概有猜到會是這樣啦！

「如此一來，就可以使用瞬間移動的魔法了！不過……問題是要把這個東西傳送到哪裡去……我的瞬間移動的傳送地點，有阿克塞爾、王都、和地城。這下該選哪裡好呢……」

也就是說，她打算把這顆礦石傳送到別的地方去嗎？

「這樣的話，傳送到地城去不就好了？」

「可、可是……我登錄為傳送地點的那個地城，是我偶爾會去收集魔法素材的地方，也是世界最大的地城……現在，那裡已經是個以地城為賣點的觀光勝地了……！」

「這根本是找人麻煩嘛！喂，糟了！礦石已經超越了紅色，發出白色的光芒了耶！」

就在阿克婭和維茲不知所措時，我明知是杯水車薪，依然一直對礦石施展「Freeze」。

「原則上，還有一個辦法可行！有一招叫做隨機瞬間移動，是不指定地點的傳送方式！只是，這樣一來真的就不知道會傳送到哪裡去。如果是送到山上、海上的話是無所謂，但要是一個不小心，很有可能傳送到人口密集的地方去……！」

維茲皺著眉頭這麼說，聲音聽起來都快哭了。

隨機瞬間移動？

「放心吧！世界這麼大！比起傳送到有人的地方，傳送到沒人的地方的機率大多了！放心吧，一切責任由我承擔！別看我這樣，我的運氣可是很好喔！」

聽我這麼說，維茲點了點頭，高聲詠唱魔法。

「『Teleport』——！」

9

「怎樣了？日冕礦石跑去哪裡了？應該不在這附近吧？」

聽我這麼說，維茲和阿克婭不安地面面相覷。

無論如何，還是先離開這裡再說。

我們離開房間時，其他冒險者們已經打倒了甲板上的所有魔像，而且機動要塞的警報也已經停了，所以大家正在收兵。

大家都接連順著繩索爬下去，只剩下我們還留在這裡。

仔細一看，大家也把那個研究員的骨骸搬了下去，放在木箱裡面。

大概是想把他安葬在鎮上的公墓裡面吧。

我們也回到地上，前往達克妮絲和惠惠身邊。

我背起在樹蔭下休息的惠惠之後，穿過已經完全沉浸在勝利的氣氛當中、歡欣鼓舞的冒險者們，來到依然在城鎮前方直挺挺地站著的達克妮絲身邊。

和歡欣鼓舞的冒險者們正好相反，只有達克妮絲一人依然一臉凝重地盯著機動要塞看。

「喂，達克妮絲。我們已經順利停止毀滅者的心臟，事情已經結束了。啊————……我都快累死了，我們回豪宅去，今天吃點比較豪華的大餐吧。」

聽我這麼說，達克妮絲輕聲說：

「還沒結束。我這能夠聞到強敵的嗅覺，依然聞得到香氣撲鼻的危險味道……那個東西還沒完蛋！」

像是反映了達克妮絲這番話，隨著震動聲，機動要塞整架晃動了起來。

喂喂，我明明已經把心臟部分拆掉了啊！

「現在是怎樣?那個東西怎麼了！」

「冷冷冷、冷靜一點！這種時候應該是那樣吧！一定是有要剪斷紅色導火線還是白色導火線的場面對吧！」

「等一下，不對吧，那是炸彈吧！現在是在討論核心都已經被移，毀滅者為什麼還是動了起來才對吧！」

不只我們幾個，就連冒險者們也察覺到異狀，大家連忙遠離毀滅者。

「這、這下子該怎麼辦！大概是剛才一直累積在內部的熱氣要外洩了吧！那麼大的東西，就連我也無法傳送！還有，各位看一下毀滅者的前面，是不是有一道因為爆裂魔法的餘波而產生的巨大裂痕？熱氣正在從那裡外洩！再這樣下去，熱氣會從那裡往鎮上噴……！」

「我不想聽我不想聽！和真先生——和真先生——！趕快、趕快想想辦法——！」

阿克婭打斷了維茲的話，對我提出不可能的要求。

不，我說妳啊，這再怎麼說也沒法可想了吧……！

「魔、魔力！有沒有人願意分給我一點魔力！只要朝那道裂痕發出爆裂魔法，就可以抵銷爆炸了！」

維茲突然對附近的冒險者們這麼說。

我連忙把維茲抓了過來，交頭接耳地說：

「喂、喂，維茲！妳幹嘛突然說出那種話啊！其他的冒險者們可不知道妳會吸取技能喔！要是被大家發現妳是巫妖的話怎麼辦！身為人類的我，使用巫妖的技能還可以放心給他們調查，要是他們想調查維茲是不是人類的話，豈不是馬上就完蛋了嗎！」

「可、可是，只有能夠吸取魔力的我，才有辦法阻止那個爆炸……！」

說到這裡，我伸出手打斷維茲。

「我也會用。所以，可以由我先吸取別人的魔力，再轉讓給維茲。雖然多了一道手續，也只有這樣做了。」

「Drain Touch」不但可以吸取魔力和體力，也可以轉讓出去。

魔力、魔力……

冒險者當中魔力特別多的傢伙，當然就是……！

「吶，達克妮絲，別再說那種頑固的話，我們快逃吧！逃得越遠越好！然後再從頭來過！……等等，仔細想想，我們的債務是這個城鎮的公會代墊，而這裡被炸掉的話……！」

「喂，那邊那個自稱什麼東西的，過來一下。」

我把那個把自己動的歪腦筋都大聲嚷了出來、感覺擁有最多魔力的傢伙拖了過來。

「你幹嘛啦！我現在沒空理你啦，和真。我們乾脆直接就這呀呀呀呀啊啊啊啊啊啊啊啊啊啊啊啊啊——？」

對於我出奇不意的「Drain Touch」，阿克婭來不及抵抗，並放聲尖叫。

「你這個繭居尼特，幹嘛在這種非常時期對我做這種事情！」

「就因為是非常時期才要這麼做！妳給我聽好了！接下來我要把妳的魔力分給維茲，讓她對毀滅者發出爆裂魔法！這樣應該就有救了才對！」

「我才不要！為什麼非得把我的魔力分給不死怪物不可啊！而且，要是將我神聖的魔力大量注入維茲身上的話，她一定會消失吧！」

聽阿克婭這麼說，我轉頭看了看維茲，維茲也蒼白著臉，點頭如搗蒜。

「那個……之前稍微吸了一點阿克婭大人的魔力之後，我的身體狀況就很不好……」

就像是吃到什麼壞東西一樣啊。不過阿克婭說的話好像是真的。

既然如此，剩下的就只有——

「主角上場。」

惠惠離開我的背，站到地上。

10

「你有沒有聽到？不可以吸太多喔？不可以吸太多喔！」

「我知道我知道，這是宴會才藝之神在做球對吧？放心啦，包在我身上！」

「才不是！我可不是為了讓你搞笑才這麼說的喔！」

阿克婭在我身前跪坐，做好隨時等著被吸取魔力的準備。

而惠惠站在她身邊，舉起法杖指著毀滅者，做好隨時可以施放魔法的準備。

「和真先生，吸取時挑選皮膚較薄的地方，能夠吸到的量比較多，能夠轉移的量也比較多！還有，魔力的來源是心臟部分。所以，從越接近心臟的地方吸取，效率越好！」

維茲一臉認真地教導著我。原來如此，要挑皮膚比較薄的地方啊。

所以她剛才吸我的魔力的時候，才會碰我的嘴角嗎？

那樣不行，會產生莫名的期待。

…………不，等一下。

「我已經準備好了，隨時可以開始！一天可以發兩次爆裂魔法，今天真是哇呀啊啊啊啊啊啊啊啊！」

我把右手伸進惠惠的背後，惠惠便驚叫出聲，整個人向後仰。

「你幹嘛突然來這招啊！手那麼冰還放進我背後，我還以為會心臟麻痺咧！這是怎樣？性騷擾嗎？在這種緊急情況下還要性騷擾嗎？」

「笨蛋，不是啦！妳沒聽維茲剛才說了什麼嗎！這不是性騷擾，是考慮到吸取效率的舉動！離心臟近、皮膚又薄的地方，當然是背後最好啊！……啊、等等、喂！阿克婭，不准抵抗！我可是有拯救城鎮這個冠冕堂皇的理由！我沒有把手伸去前面，妳們就該感謝我了！」

聽我這麼說，阿克婭的抵抗變得更加激烈，完全不打算讓我把手伸進背後。

「各位，已經沒時間了！」

維茲如此大聲哭喊。

最後折衷了一下，我抓著惠惠和阿克婭的脖子根部。

從那裡抽出阿克婭的魔力，送到惠惠那邊去。

「超誇張的，這真的太誇張了！阿克婭的魔力超誇張！感覺我應該可以發出目前為止最強的爆裂魔法！」

「惠惠，還不夠嗎！我感覺已經被吸走很多魔力了耶！」

正如阿克婭所說，惠惠嬌小的身體裡面，已經灌注了相當大量的魔力。

果然再怎麼爛也是女神。

無論怎麼吸取，阿克婭的魔力依然深不見底。

「還差一點！還可以再來一點！啊，好像不太妙……」

「喂，不太妙是怎樣！要是超過容量會怎樣，妳該不會整個人爆開吧！」

脫口說出危險字眼的惠惠，一把扯掉她左眼的眼罩，舉起法杖詠唱魔法。

我已經相當熟悉的爆裂魔法詠唱聲，在遠遠圍觀的冒險者們之間迴盪。

「別的事情也就算了，關於爆裂魔法！我一點也不想輸給任何人！我要出招了！吾最極致的破壞魔法！」

惠惠的法杖，對準了噴著熱氣，似乎隨時都會爆炸的毀滅者前面那道巨大的裂痕。

——紅色的瞳眸閃爍光芒，不服輸的大法師以近乎嘶吼的聲音詠唱出魔法。

「『Explosion』——————！」

終章

距離迎擊機動要塞毀滅者之戰，過了幾天。

這天。

冒險者公會內的氣氛異常熱烈。

用不著說，光看這熱烈的氣氛也知道理由是什麼。

在冒險者們以充滿期待的眼神看著公會的職員時。

「和真，事到如今由我來說這種話或許有點奇怪，不過我要再次向你道謝。謝謝你保護這個城鎮……我真的、真的非常感謝你……！總有一天，我會把有關我的一切告訴你。告訴你，我為什麼說想保護這個城鎮。」

說著，今天穿著便服的達克妮絲露出靦腆的笑。

我和達克妮絲待在距離其他冒險者稍遠的地方。

我也對達克妮絲做出回應說道：

「這麼說來，妳這次看起來特別帥氣呢。」

聽我突然這麼說，達克妮絲大概是想起當時的自己面對毀滅者也沒有退後半步的帥氣模樣吧……

「是、是嗎……」

她稍微紅著臉，害臊地轉過頭去。

對於如此害羞的達克妮絲……

「不過也是最沒有表現的一個就是了。」

我清楚地這麼說。

「！」

聽了我這番話，達克妮絲維持轉過頭去的姿勢，抖了一下。

「這麼說來，達克妮絲這次只有站在城鎮前面而已呢——妳知道嗎，我可是很努力喔！我打破了結界，還幫和真療傷！而且，我也分了魔力給惠惠呢！」

阿克婭不知道什麼時候跑了過來，沒什麼惡意地對達克妮絲這麼說。

達克妮絲聽了，又抖了一下。

「至於我，當然就是一天發了兩次爆裂魔法，表現得特別優異啊。而且第二次還粉碎了毀滅者呢！」

同樣不知道什麼時候出現在這裡的惠惠，也同樣沒什麼惡意地這麼說，讓達克妮絲聽了又抖了一下。

「這麼說來，和真先生的表現才是特別優異！不但指揮相當確實，而且雖然有點小失敗，但最後還是打倒了大型魔像，也從鐵柵欄當中取出日冕礦石，更提供魔力給我……！」

真的不知道什麼時候來到這裡的維茲，完全沒有惡意地這麼說，似乎讓達克妮絲承受不住了吧，害她雙手掩面。

「維茲就更厲害了，施展爆裂魔法、幫我的手冰敷、最後還把即將爆炸的日冕礦石傳送走……ＭＶＰ應該是維茲吧？」

我這麼說完，雙手掩面的達克妮絲終於輕輕顫抖了起來。

「……那麼，說要保護城鎮，耍了半天任性的妳，做了什麼啊？」

「這、這是！這是什麼新感覺啊！……哇啊啊啊啊啊——！」

捉弄到達克妮絲滿臉通紅，當場掩面蹲下之後，正當我感到滿足時——

突然，公會裡的喧鬧聲戛然而止。

我抬起頭來，看見喧鬧聲停止的原因。

出現在我眼前的，是不知為何臉色隱約有點憂愁的公會職員，身邊站著一個帶了兩名騎士跟在後頭的黑髮女子。

原來如此，這次打倒的懸賞對象比魔王軍的幹部更大咖，是對各地的城鎮和國家造成威脅的機動要塞。

所以不是透過公會職員，而是由這個國家的騎士直接頒發報酬啊。

不，搞不好還會順便挖角我，問我想不想當騎士也說不定。

就在我們帶著充滿期待的表情觀望之下，那個女子的視線指了過來。

她的視線毫無游移地對準了我，她的眼神一點也不輕浮，而是充滿了無止盡的熱情。

沒錯，要打個比方的話……

——那是一種像是在看殺父仇人一般的凌厲眼神。

「冒險者，佐藤和真！我們現在懷疑你犯了顛覆國家罪！請你跟我們來一趟！」

（完）

後記

託大家的福，第二集也上市了。

一開始出版社來問我要不要出第一集的時候，我還相當警戒，以為會不會是某種盛大的整人遊戲，不過，最近我總算開始覺得可能不是整人遊戲了。

但是，整人遊戲總是在目標鬆懈下來之後才會出招，所以我還是繼續保持警戒。

——前幾天我去了一趟東京。

雖然我好歹以前也在東京都內住過，只是現在都在鄉下過著有如仙人般的生活，所以去到人多的地方就會有點恐慌。

抵達東京車站時，我甚至因為人實在太多，而煩惱了一下該不該哭著回家算了。

這次去東京並不是為了逃避現實的臨時起意，而是確實有個開會的名義在，是為了工作才跑了這一趟。

因為抵達東京的時間有點早，我決定去探訪秋葉原等地。

原本我還打算要是沒在書店看到自己的書的話……

「咦——？沒有嗎——？沒有『美好世界』嗎——？」

就要這樣大鬧特鬧一番時，沒想到居然被擺在一個相當好的位置。

感激不盡感激不盡……！

之後，我在角川大樓附近晃了一下，心裡還有點擔心以自己這身打扮走進去的話，會不會被警衛壓倒在地，結果還是順利開完了會議。

然後，編輯請我到高級餐廳吃飯，為我美好的東京之旅畫下完美的句點。

——隔天，颱風直擊東京。

因為電車到處都停駛，我心想，這一定是上天給我的啟示，叫我不用急著回去工作，多玩一下再走。於是我就在強風之中，到東京都內各地徘徊。

晃到各種地方去是很開心，只是也迷了好幾次路，一度還想，要是就這樣找不到回去的路的話，就乾脆買一頂帳篷住在這邊算了。

我住的地方非常鄉下。要等的不是紅燈，而是等著山豬穿越馬路這般的鄉下。不過對我來說，儘管比較不便，但好像還是鄉下生活比較適合自己。

——那麼，就來談談作品吧。

目前，我在sneaker文庫的網站連載名為《為美好的世界獻上爆焰！》的衍生故事，主角是惠惠，各位不嫌棄的話可以上去看一下。

內容當中也有三嶋くろね老師專為連載所畫的新插圖，還請各位多多支持。

由於故事是發生在一年前，惠惠還沒遇見和真他們的時候，所以她的頭髮會比現在短一點，也還沒戴上眼罩。

故事中也會提到黏在惠惠肩膀上的那個神祕傢伙，對那傢伙有點好奇的讀者不妨一看。

不過，即使出到了第二集，我還是給許多人添了麻煩。

讓我覺得最難處理的工作，就是訂定各章的標題了。

其實，每一集的副標題，都是K責編幫我加上的呢。

在執筆方面，花掉最多時間的部分，恐怕就是下標題和幫角色取名吧。

由於這已經完全是品味問題了，今後很可能還是會繼續在各章標題的部分麻煩責編，在這裡先道個歉。

話說回來，感覺每一集的後記似乎都會充滿道歉的字眼就是了。

不過，託大家的福，這一集也順利發行了。

謝謝大家，謝謝大家！

這麼說來，網路版已經在不久之前完結了。

在這裡先告訴從網路版入門的讀者們，書籍版才是正片。我打算從第三集開始，加入更多未公開新稿。

書籍版將會變成比網路版更加有趣的作品，今後也請各位多多關照！

雖然作者為人很隨便，但關於作品內容可是不會說謊的……喔……？

那麼，對於參與本書製作的各位；以及更重要的，拿起本書閱讀的各位讀者。

——在此再次致上最深刻的感謝！

曉 なつめ

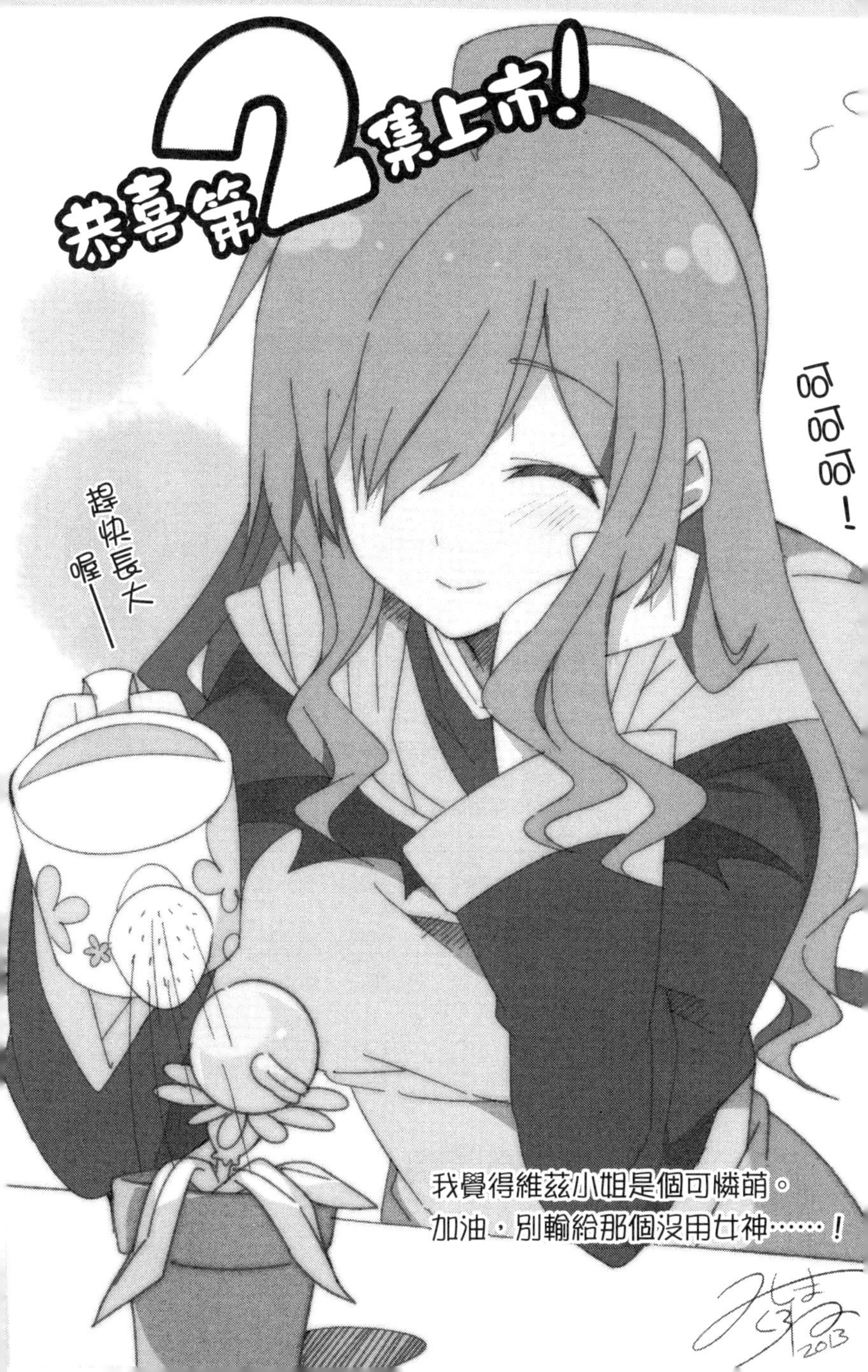
恭喜第2集上市！
呵呵呵！
趕快長大喔——
我覺得維茲小姐是個可憐萌。
加油，別輸給那個沒用女神……！
2013

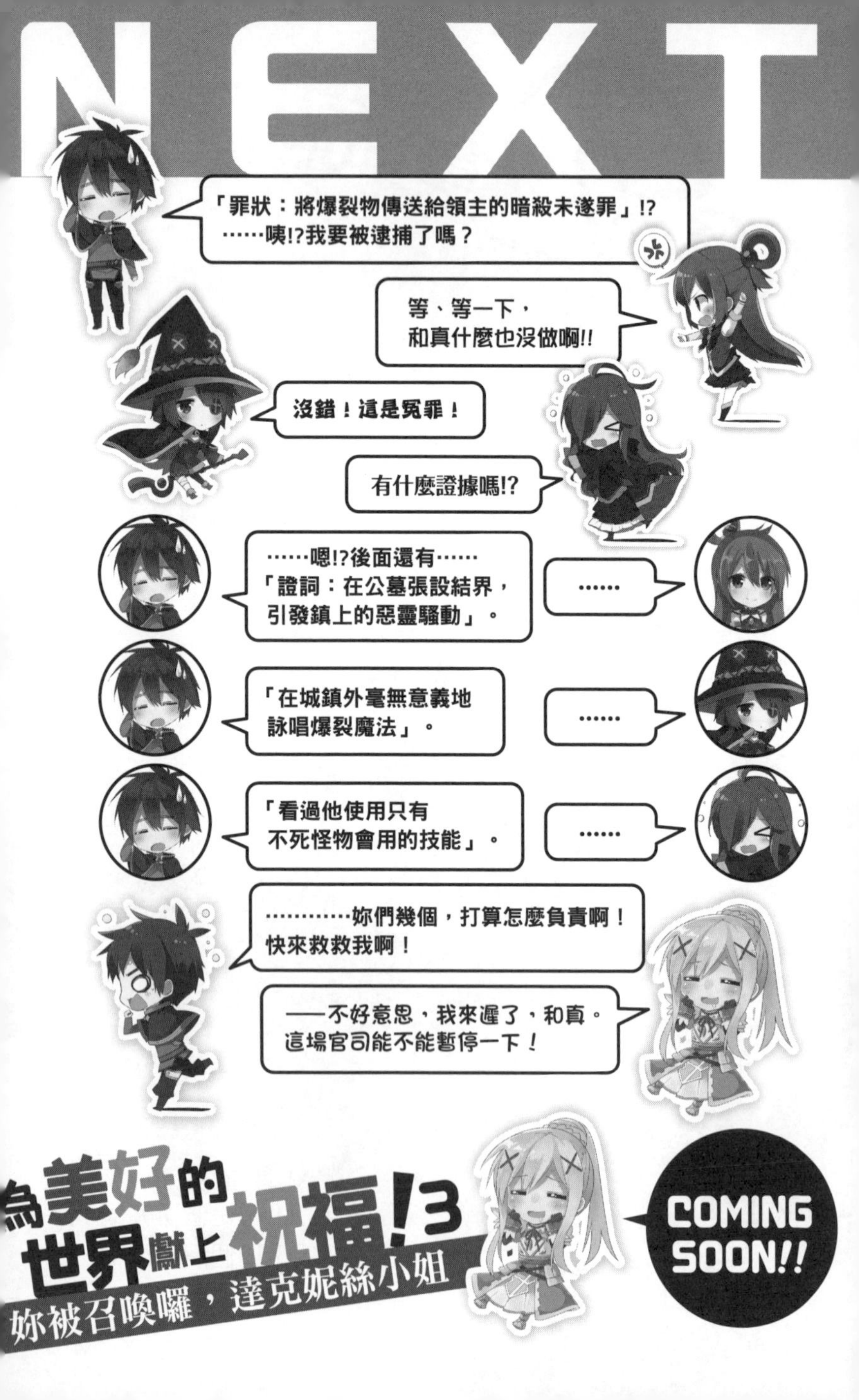
NEXT
「罪狀：將爆裂物傳送給領主的暗殺未遂罪」!?
……咦!?我要被逮捕了嗎？
等、等一下，
和真什麼也沒做啊!!
沒錯！這是冤罪！
有什麼證據嗎!?
……嗯!?後面還有……
「證詞：在公墓張設結界，
引發鎮上的惡靈騷動」。
……
「在城鎮外毫無意義地
詠唱爆裂魔法」。
……
「看過他使用只有
不死怪物會用的技能」。
……
…………妳們幾個，打算怎麼負責啊！
快來救救我啊！
──不好意思，我來遲了，和真。
這場官司能不能暫停一下！
為美好的世界獻上祝福！3
妳被召喚囉，達克妮絲小姐
COMING SOON!!

Kadokawa Light Novels

惡魔高校D×D 1~16 待續

Kadokawa Fantastic Novels

作者：石踏一榮　插畫：みやま零

「我要變得比誰都還強，然後，必定將妳——」
前所未有的強敵登場，最熱血的戰鬥，就此展開！

青春暴走、爽快痛快的校園戀愛故事!?當然不是只有如此，這可是個天使、惡魔、墮天使到處跑，不為人知的戰鬥席捲整個世界的壯闊奇幻物語喔。話雖如此，隨處可見的胸部描述是怎麼回事？不過沒關係，這就是青春！

台灣角川

各 NT$180~240/HK$50~68

國家圖書館出版品預行編目(CIP)資料

為美好的世界獻上祝福！. 2, 中二病也想當魔女! / 暁なつめ作 ; kazano譯.
-- 初版. -- 臺北市 : 臺灣角川, 2014.11
面； 公分. -- (Kadokawa fantastic novels)

譯自：この素晴らしい世界に祝福を！. 2, 中二病でも魔女がしたい!
ISBN 978-986-366-221-1（平裝）

861.57　　103019843

Kadokawa
Fantastic
Novels

為美好的世界獻上祝福！ 2

中二病也想當魔女！

（原著名：この素晴らしい世界に祝福を！2 中二病でも魔女がしたい！）

2014年11月5日 初版第1刷發行
2024年8月8日 初版第18刷發行
作　　者：暁なつめ
插　　畫：三嶋くろね
譯　　者：kazano
發 行 人：台灣角川股份有限公司
總　　監：呂慧君
總 編 輯：蔡佩芬
主　　編：林秀儒
副 主 編：楊鎮遠
設計指導：陳晞叡
印　　務：李明修（主任）、張加恩（主任）、張凱棋、潘尚琪
發 行 所：台灣角川股份有限公司
地　　址：104台北市中山區松江路223號3樓
電　　話：（02）2515-3000
傳　　真：（02）2515-0033
網　　址：www.kadokawa.com.tw
劃撥帳戶：台灣角川股份有限公司
劃撥帳號：19487412
法律顧問：有澤法律事務所
製　　版：尚騰印刷事業有限公司
ISBN：978-986-366-221-1